HERZRASEN

Die Originalausgabe erschien 1992 unter dem Titel
»Crampi« bei Giulio Einaudi editore s. p. a., Turin
Die Übersetzung folgt der letzten vom Autor überarbeiteten Fassung

Satz: Fotosatz Rizner, Salzburg
Printed in Austria by Wiener Verlag, Himberg
ISBN 3-7017-0814-2

MARCO LODOLI

Herzrasen

Roman

Aus dem Italienischen von
Gundl Nagl

Residenz Verlag

Herzrasen

Wenn du das Meer bist,
Was kümmert dich das Ufer?
Wenn du das Ufer bist,
Was hast du davon, es zu erreichen?

MA DEVA GHATA

Für meinen Bruder Peter

Das blaue Flugblatt setzte den Start vom Grande Raccordo gegen neun Uhr abends an, das Zusammentreffen der Teilnehmer aber um eine Stunde früher, in dem kleinen Talzwickel zwischen den Auffahrten zur Autostrada del Sole, Richtung Norden. Die Wagen vieler Marathonläufer sind entlang der Pannenstreifen geparkt, und die untergehende Sonne setzt den staubbedeckten Lack ihrer Seitenflächen in Brand, sticht in den Augen, die überall nach dem Tisch für die Eintragung suchen. Der steht mitten in der kleinen Rasenfläche, dieser Tisch, auf einem niedrigen Podest, das zwischen Stoppelgras und Papierfetzen aufragt. Von dort oben plärrt ein Fettwanst mit grauem Bart unentwegt in ein Megaphon: »Kommt mit der genauen Summe, wir können euch nicht herausgeben. Das macht zwanzigtausend Lire pro Paar, plus fünfhundert Lire für die Unfallversicherung.«

In der Mulde herrscht ein Gedränge von Leuten mit erhitzten Gesichtern. Ein klebriger Geruch von Kampferöl steigt von all diesen Schenkeln auf, die zum Aufwärmen energisch geschüttelt werden, und beginnt sich mit dem trockenen Benzingeruch des Verkehrs zu vermischen, der unablässig die Auffahrten entlangrollt.

»Zu zweit für die Welt«, plärrt der mit dem grauen Bart und dem schweißnassen weißen Hemd. Und tatsächlich ›Zu zweit für die Welt‹ steht auch auf einem Spruchband hinter seinem Rücken, das von einer matten Brise bewegt wird. »Reiht euch ordentlich ein, denn um Viertel vor neun heißt sich's für den Start bereithalten, mit der genauen Summe, wenn ich bitten darf.«

Zwei und zwei, wie in der Volksschule, beginnen die Läufer zum Tisch hin aufzuschließen. Von Zeit zu Zeit kniet einer nieder, um die Schuhe aus Leinen oder Plastik neu zu schnüren, um sich eine weiße Socke hochzuziehen. Und manche fassen sich an der Hand, unterhalten sich leise, kichern herum. Jedem Paar werden zwei Startnummern mit identischer Zahl und ein langer goldener Faden ausgehändigt, um sich an den Handgelenken aneinanderzubinden.

»Ich erinnere euch daran, daß das kein Wettlauf ist«, erklärt der mit dem Bart, bläst den enormen Brustkorb auf und wird noch lauter, um die Musik zu übertönen, die aus dem kleinen Ambulanzwagen der Rennleitung dringt. »Wir laufen für den Frieden und für die Liebe, uns geht es weder darum zu siegen noch zu verlieren. Denkt daran, auf der Autostrada del Sole ist der erste Zieleinlauf nach drei Kilometern, wer will, der hört dort auf und hat damit schon sein Liebeswort fürs Leben gesagt. Und wer nicht will, der läuft eben weiter ... Ich mach euch aber aufmerksam, bindet euch ja gut an den Handgelenken oder wo ihr halt wollt zusammen und denkt daran: die Paare dürfen sich nie und nimmer voneinander lösen.«

Außerhalb der Schlange betrachtet Cesare die Leute, ihre Euphorie, ihre Erwartung. Da gibt es Väter und Söhne, damit beschäftigt, sich sorgfältig aneinanderzubinden, und Brautpaare und Alte mit weißen Beinen und schrille Homosexuelle. Zwei Knaben um die dreißig ziehen sich den goldenen Faden durch die Hosen ein: »Ich binde dich für ewig an meinen Pimmel«, lacht der eine, und der andere küßt ihn auf die Stirn. Zwei Frauen lassen sich die Fäden durch die Löcher in den Ohrläppchen einfädeln, während ein kleines Mädchen heult, weil es den Faden zu eng um das Handgelenk gezogen hat und nun den Knoten nicht mehr aufbringt. »Mir stockt das ganze Blut in der Hand, hilf mir, Mamma.« Der Satin der vielen neuen kurzen Hosen schillert im letzten Sonnenlicht, in der Hitze glänzen bereits viele Rücken vom ersten Schweiß der Erwartung. Er gleicht einer wollenen Decke, der Himmel im Juli, hinter den Häusern der Stadt aufgespannt.

Cesare blickt auf seine Betta. Sie hat sich auf der Erde ausgestreckt, ein trockenes Blatt zwischen den Lippen, die Augen ein wenig gerötet, voller Unruhe. Unter ihrer Haut zuckt ein Muskel. Sobald Cesare sich bewegt, springt sie auf und drängt sich an ihn.

»Da haben Sie unsere zwanzigtausend plus fünfhundert extra«, sagt Cesare, als er bei dem Fräulein hinter dem Tisch anlangt. »Geben Sie uns die Startnummern und den Faden.«

Die Frau starrt ihn und seine Begleiterin für den Marathon überrascht an, dann blickt sie hoch, um sich Rat bei dem fetten und behaarten Mann zu holen, der, auf einem Stuhl stehend, vor allem damit beschäftigt ist, lauthals zu verkünden: »Zu zweit für die Welt, die genaue Summe, wenn ich bitten darf.«

»Geben Sie uns schon die Startnummern und den Faden«, wiederholt Cesare.

»Einen Augenblick, so warten Sie doch einen Augenblick.«

»Warum soll ich warten?«

»Etwas Geduld, wenn ich bitten darf.«

»Dann geben Sie mir das Geld zurück.«

»Aber du, mit wem läufst du denn? Darf man wissen, mit wem du läufst?« mischt sich endlich der Capo von oben aus ein, diesen orangeroten und schwülen Himmel im Rücken, ohne den Mund vom Megaphon zu nehmen.

»Mit ihr.« Mit einem Ruck seines Kinns deutet Cesare auf Betta.

»Mit einer Ziege?«

Zwanzig Jahre hindurch ist Cesare immer um Mitternacht von Rom aus aufgebrochen. Ein Jüngling mit blonden Haaren, die dann spärlicher wurden, bis er endlich ganz kahl war und bereits viel weniger Jüngling und beinahe schon Alkoholiker, hat ihm zwanzig Jahre hindurch in der Garage der großen Druckerei schweigend dabei geholfen, die Zeitungsbündel in den Lieferwagen zu laden, und jedesmal beim Zuschlagen der Autotür hat er zu ihm gesagt: »Gute Fahrt, Cesare, und gib Gas.« Zwanzig Jahre hindurch hat Cesare jedesmal den Arm aus dem Wagenfenster gestreckt und ihm mit der Hand zugewinkt. Dann war da die schwarze und kurvige Cassia, der Regen auf den Scheiben oder die Luft fett vor Hitze, die Scheinwerfer im Gesicht, die zerquetschten Katzen auf dem Asphalt, die erloschenen Umrisse der Benzinpumpen, die römischen Pinien, die zerrende Unruhe, die dunklen Krater der Seen. In jedem Dorf mußte er einen Packen Zeitungen neben dem Kiosk absetzen, gut in Zellophan gehüllt, damit ein plötzlicher Regenguß ihn nicht aufweichen konnte: und die Remittenden zurücknehmen. Von diesen Orten kannte er nichts als den Namen auf dem Schild und den Kiosk, er wußte nicht einmal, ob sie einen historischen Platz oder einen Dom besaßen, welche Leute dort wohnten. Für Cesare waren es soundsoviele Stufen, hinauf- und dann wieder hinunterzusteigen. »Jetzt bin ich in Sutri, nach vierzehn Kilometern werde ich in Capranica sein. Jetzt bin ich in Capranica, nach sechzehn Kilometern werde ich in Vetralla sein. Hoffentlich habe ich keine Panne.« In der Nacht suchte er sich manchmal den Morgen in diesen Orten vorzustellen, den Markt, die Schule, das Hin und Her auf dem Corso, die Leute, wie sie in der Bar die Neuigkeiten aus der Zeitung besprachen, er stellte sich das alles vor, allerdings ohne den Kilometerzähler und die Uhr aus den Augen zu lassen. »Hier sind die Männer gelb wie diese Mauern, haben zwei Ziegel aus Tuff an Stelle der Füße, Kalk in den Augen und einen Hut. Hier hingegen heiraten sie unter Geschwistern, heißen alle gleich und streiten sich immer, um einen Garten. Hier ist die Pest durchgezogen, und es gibt nur Hunde. Nach sieben Kilometern werde ich in Montefiascone sein. Stehenbleiben gibt's nicht für mich.« Und doch hätte er in manchen Nächten, wenigen in zwanzig Jahren, am Ufer des Bolsenasees anhalten mögen, zwischen den dunklen Haselsträuchern, um dem Atem dieses stillen Wassers in seinem Becken zu lauschen, einen Stein hineinzuwerfen und mit dem Kopf seinem langsamen Sinken auf den Grund zu folgen, dorthin, wo der See ruht. Er hatte das Tempo verlangsamt, den Gang zurückgeschaltet, den Lieferwagen an das Seeufer gelenkt: fast wäre er zum Stehen gekommen, die Räder hatten gerade noch so eine Drehung zu machen, ein letzter Rest von Trägheit, aber sofort hatte ihm die Unrast Nägel in den Magen getrieben, und der Fuß war auf das Gaspedal zurückgeschnellt, fort von dieser dunklen Fläche. »Ich habe keine Zeit zu verlieren, ich muß weiter. Man muß schauen, daß man vorwärts kommt.«

Siena erreichte er, als die Morgendämmerung den Himmel aufschloß, gerade noch rechtzeitig, bevor die Kioske ihre papierene Ware zu verkaufen begannen. Er belieferte ein Dutzend davon, die letzten Packen schleuderte er voll Wut gegen die heruntergelassenen Rolläden, rückte sie mit Fußtritten zurecht. Selten blieb sein

Blick an den Schlagzeilen der ersten Seite hängen; nun wußte er es: sie wechselten, aber sie waren immer die gleichen, und ganz gewiß hatten diese großen und fetten Worte nichts mit den wahren Hoffnungen zu tun. »Es hagelte Fleisch, ich kann es beschwören«, war eines Tages rechts unten zu lesen gewesen und an einem anderen Tag: »Der neue Superzug ist schneller als ein Gedanke.« Und wieder ein andermal: »Miss Sorriso fehlt ein Bein.«

Cesare schien es deshalb, als sei er ein Botschafter, der den feindlichen Städten jede Nacht eine Nachricht überbringt, ihnen, die sich in ihren alten Mauern, ihren ernsten Nöten verschanzt haben, eine zweideutige, bedrohliche Botschaft, die hinter vielen enggedrängten Worten nur einen einzigen Befehl verbarg: »Ergebt euch auch ihr der schreckensvollen Welt.«

Es fehlen wenige Minuten bis zum Start des Marathon. »Der erste Zieleinlauf ist nach drei Kilometern, beim Autogrill, dann ist da noch einer nach zehn Kilometern, aber wer will, der kann auch noch weitermachen ...«, dröhnt der mit dem Bart, übergenau und zugleich auch ganz vage, wobei er das Geld der Neuhinzugekommenen vom Tisch aufliest. Eine Menge von Paaren drängt bereits gegen das weiß-rote Band an, das über die Einfahrt zur Autobahn gespannt ist: eine Fernsehkamera erfaßt in der ersten Reihe den örtlichen Champion mit seiner schönen Frau, zwei Behinderte, zusammengesunken in ihren Rollstühlen, das Lichtbündel blendet zwei Schauspieler vom Film, stöbert in dem Haufen herum, fischt lächelnde Gesichter heraus, Hände, die grüßend erhoben oder zum Victory-Zeichen geformt sind, und die goldenen Fäden funkeln.

»Die sprechen von uns«, sagt ein Halbwüchsiger, die

Kopfhörer an den Ohren, mit kreischender Stimme, »die im Radio sprechen gerade von uns«, und viele klatschen Beifall. »Wir sind mehr als fünftausend. Wir laufen die ganze Nacht für die Liebe. Jeder wird als Geschenk eine kleine Medaille mit einem Hasen und einer Taube erhalten.«

Cesare und Betta stehen ganz weit hinten, werden ständig von den Neueingetragenen zur Seite gedrängt, die es eilig haben, das Rudel aufzufüllen. Mit zitternden Fingern hat Cesare eine Schleife vorbereitet und sie dann blitzartig über die Hörner der Ziege gezogen. Sie hat wütend den Schädel hin und her geschleudert, durch die weiten Nüstern geschnaubt, ist, die trockene Erde mit dem Faden peitschend, davongestoben und dann zurückgekehrt, um sich neben Cesare hinzukuscheln. Er hat sich an sie angekoppelt, indem er den Faden um seine Taille zog, endgültig.

»Brav, Betta, brav.«

Betta hat ihm einen argwöhnischen, durchdringenden Blick zugeworfen. Ich weiß nicht, warum ich in deiner Nähe bleibe, ich weiß nicht, was für ein Mensch du bist und wohin wir gehen, vielleicht hasse ich dich, aber ich werde dich nie verlassen, dessen kannst du sicher sein, weil ich zu dir gehöre. Das war ihr in die schrägen Augen, in die zuckenden Muskeln am Hals eingraviert.

Cesare möchte gern schon viel weiter vorn sein, auf dem Asphalt.

»Eine Minute bis zum Start, haltet euch bereit«, kündigt krächzend das Megaphon an.

Und nun kommt Cesare eine gleichbleibende, quälende Empfindung aus der Zeit, als er klein war, in den Sinn: jedesmal, wenn er einen Ort erreicht hatte, war da ein anderer gewesen, der hatte fort müssen; wie ist das möglich, ich bin gerade erst angekommen, ich zieh mir den Mantel aus, ich will mich eben umsehen, und schon steht einer auf und muß fort, warum, wer ist das und wo ist das, wo er hingeht? An einen schöneren Ort etwa gar, an einen anderen Ort, von dem ich nichts weiß, um den ich ihn aber unendlich beneide: ach, wie gerne möchte ich mit ihm fort, auch wenn ich ihn nicht kenne. Wie gerne wüßte ich, wer das ist ...

Eines Tages erschien ihm die Antwort in seinem Kopf klar wie ein Himmel mit zwei Sonnen. Jetzt weiß ich, wer das ist. Es ist sonderbar, aber das bin immer ich, das ist die Unrast.

Die Rückfahrt aus Siena war geschafft, nichts gab es mehr zuzustellen, und Cesare konnte die Reifen Kurve um Kurve quietschen lassen, in den wenigen Geraden das Gaspedal durchtreten. Die Windschutzscheibe war von kleinen Mücken und Staub übersät, die Augen von den schwarzen Pünktchen der Müdigkeit. Nach Hause, befahl ihm sein Herz, nach Hause, schlafen. Aus so großer Entfernung erschien ihm seine Wohnung wie eine Klinik, in die man sich zurückziehen konnte, um jede Infektion auszuheilen, die Bettlaken, die er zerdrückt und zerknüllt zurückgelassen hatte, sah er nun weiß und glattgezogen, die Flasche mit dem Magenbitter auf dem Nachttisch war eine Karaffe mit frischem Wasser, die Zigarettenkippen auf dem Teller Mispeln und Aprikosen, und die Pornohefte auf dem Sofa blühten zu einer geduldigen Frau, zu einer sanften Krankenschwester zusammen. Nach Hause, die Augen schließen. Vielleicht könnte ich den Wagen auf einem freien Platz bei einer Bar abstellen, einen heißen Tee trinken, mit dem Mädchen an der Kasse scherzen und dann den Sitz für ein halbes Stündchen zurückklappen. Oder ich könnte mir sogar für ein paar Stunden ein

Zimmer leisten und mir diese unerträglichen Kleider vom Leib reißen, ein Bad nehmen und dann hinter den Gardinen des Fensters die Landschaft betrachten. Die ist überall schön, die italienische Landschaft. Nein, nach Hause, los, vorwärts, siebzehn Kilometer bis Bagni Viggione, dann vierundzwanzig in der trostlosen Ebene von Radicofani, vorwärts.

Ein paar Mal im Jahr, mitten im Sommer, hatte er eines der Remittendenpakete angezündet: mit einer Hand hielt er den Volant ganz fest und mit der anderen quetschte er in den bereits alten und trockenen Papierpacken ein Plastikfläschchen Alkohol aus. Im richtigen Moment drückte er die zitternde Zigarette darauf aus. Und wieder einen Augenblick später, als er einen Wald entlangfuhr, der mit jedem Stamm ächzend um Wasser flehte, mit jedem seiner kleinsten Blätter – Cesare hörte sie gut und schrie mit ihnen: Wasser, lieber Gott, Wasser –, nach nicht einmal einem Augenblick ergriff er das brennende Paket an der Nylonschnur und schleuderte es in voller Fahrt in dieses von der Sonne versengte Grün.

Viel später sah er am Himmel Helikopter, groß wie Engel, und etwas Brennendes in seiner Brust fiel für eine kurze Weile zu Asche zusammen.

Zu Hause schlief Cesare vier oder fünf Stunden, schlecht. Früher, als er noch mit seiner Frau und seinem Sohn zusammenwohnte, konnte er ihnen die Schuld dafür geben. Die Stimmen, die er im Schlaf hörte, konnten die ihren gewesen sein. Die Bruchstücke aus der Welt, die seine Ruhe störten, konnten vom Fernseher herrühren, den Sofia angestellt hatte, oder aus dem kleinen orangefarbenen Radio von Giorgio. Es waren Schwärme von Insekten, die ihn quälten, grelle Lichter, die plötzlich in den Spiralen des Schlafs aufzuckten, Messer an der Kehle, an den Hoden. Es konnte Giorgios Schuld oder die von Sofia sein, wenn die Wohnung nach hundertmal Erwachen immer noch dieselbe war, mit dem Tageslicht zwischen den Stäben der Rolläden, um ein Zimmer zu beschreiben, das eng war wie eine geschlossene Faust. »Ich muß hier raus, anderswohin«, dachte Cesare. »Einfach anderswohin, fort von hier«, kaum daß ihn die Müdigkeit für eine weitere Stunde ans Bett gefesselt hielt, seinen Atem langsamer gehen ließ. Und dann, innerhalb von Sekunden, war er hellwach, stand mitten im Zimmer, und gleich reißenden Hündinnen zerrten die Hände die Hosen aus einer Ecke, in die sie geschleudert worden waren, die Schuhe mit den falsch verknoteten Schuhbändern aus einer anderen. Das Hemd, das trug er bereits am Leib, das brauchte bloß zugeknöpft zu werden, wurde die Reihe der Knopflöcher verfehlt, hieß das, es nochmals und mit noch mehr Erbitterung zu versuchen.

»Ich geh fort«, sagte er zu Sofia, die im Speisezimmer saß, mit Augen ganz genau wie ihr Schlafrock: himmelblau und blank.

»Wohin gehst du?«

»Fort, irgendwohin.«

»Wohin, irgendwohin? Wenn du zehn Minuten auf mich wartest, zieh ich mich hübsch an und komm mit, dann gehen wir gemeinsam spazieren.«

»Ich kann nicht auf dich warten.«

»Hast du's eilig?«

»Ja.«

»Ich hab verstanden. Ein andermal also, vielleicht.«

»Nimm mich mit, Papa«, jetzt war es Giorgio, der darum bat, mitgenommen zu werden. »Ich stör dich nicht, ich werde auch nichts sagen.«

»Nein«.

Das Kind flehte ihn mit feuchten Lippen, mit seinem Haarschopf, der ihm in die Stirne fiel, mit seiner ganzen nachmittäglichen Langeweile an. »Bring mich weg von hier«, drang er weiter in ihn, und Cesare empfand Traurigkeit für dieses Klümpchen Fleisch, das ihm so ähnlich war. Er hatte die gleiche Art, den Rotz hochzuziehen, die gleichen gierigen und ungeschickten Hände, jene Falte zwischen den Augen.

»Spiel mit dem Baukasten. Sei brav und bau dir ein Haus auf dem Teppich.«

»Dazu hab ich keine Lust, ich will mit dir mitkommen.«

»Wir sehen uns später, Giorgio.« Und er hätte hinzufügen mögen: Nur Mut, schau zu, daß der Teppich für dich größer wird, schau zu, daß wenigstens du dich wohl fühlst. Während er die Tür hinter sich zuzog, hörte er ihn noch einmal rufen: »Nimm mich mit, ich fleh dich an. Ich will auch gar kein Eis, ich werd dich nicht einmal an der Hand fassen.«

Ein Schuß, und der Schwall der Läufer ergießt sich lärmend auf die Autobahn. Unter dem zarten und beinahe vollen Mond ist alles ein Gerempel mit den Ellenbogen, ein aufgeregtes Getrappel von Schuhsohlen, ein Hurra. Es ist kaum zu glauben, daß ein einfaches weißes und rotes Band bis jetzt so viel gespannte Kraft zurückzuhalten vermochte, all diese vielen Zahlen auf den Startnummern. Einige Paare verheddern sich im Eifer denn auch sofort, und gleich setzt es Rempler und Flüche. Niemand möchte mehr in die Etappe zurückfallen, noch nicht, noch siegt das Wunschdenken, mit den Schnellsten mitzuhalten, und daß das bis zum Ziel so bleiben möge. In den Lungen ist Sauerstoff genug zum Vergeuden und in den Köpfen so viel wirres Verlangen, man kann so einfach ins Blaue hineinreden, auf den Boden spucken, im Sprinten überholen. Die goldenen Fäden hängen lose zwischen gleichen Kräften, unversehrt. Auf der anderen Fahrbahn der Autostrada del Sole gleiten Autos in beiden Richtungen dahin, die Fahrer behelligen den Marathon flüchtig durch hämisches Gehupe und obszöne Gesten. Die Lastwagen stoßen riesige Mengen heißer und stinkender Luft aus, in die die Läufer hineingezogen werden wie Schwalben in einen Tunnel.

Cesare ist unter den letzten, unter Männern mit Bäuchen, verdrehten Alten, kleinen Mädchen; da gibt es einen Idioten, der hinter einer Coca-Cola-Dose herzottelt. Betta trabt vor sich hin, ohne am Faden zu zerren, mit gesenktem Schädel, den langen Bart auf der Brust. Cesares Augen dagegen wandern zum Himmel hinauf, der sich zu verdunkeln beginnt: durch Jahre hat er die Konstellationen der Gestirne in einem kleinen blauen Buch studiert, seit er festgestellt hatte, daß er auf dem linken Arm eine Reihe von Muttermalen besitzt, die ihn an irgend etwas erinnern. Auf dem Bett ausgestreckt, verband er diese schwarzen Punkte mit einem Stift, wie in dem Spiel der Rätselwoche, und überprüfte in dem blauen Büchlein die Grundrisse des Wassermanns und des Kentauren, der Waage und des Einhorns, um es herauszubekommen. Es hätte ihm gefallen, das Kreuz des Südens auf dem Ellenbogen zu haben. Deshalb kennt er die Ordnung der Sterne, aber bloß auf dem Papier: auf dem Firmament weiß er sie nicht wiederzufinden, es herrscht ein solches Durcheinander, da oben. Und außerdem schauen seine Muttermale gar nichts ähnlich, und deshalb stellte er sich vom Handgelenk bis zur Achselhöhle die Straße zwischen Rom und Siena vor, mit den leeren kleinen Dörfchen dazwischen und die Wälder in Flammen über den Venen und den Arterien. Und manchesmal erblickte er dabei die Spur einer Karawane, die in der Wüste verschwunden war, die eines Vagabunden in der Stadt, die eines Kreuzwegs ohne Anfang noch Ende.

Cesare nahm beim Abwärtsgehen zwei Stufen auf einmal, drückte sich auf den Treppenabsätzen, fest ans Geländer geklammert, ganz eng in die Kurven, hieb mit der Faust gegen den erleuchteten automatischen Schalter, der das Tor aufspringen ließ, stieß es auf und stürzte sich auf die Straße hinaus, so als ob ihn da draußen ein seit Jahren vermißter Bruder erwartete, eine Angebetete. »Ich bin hier unten, Cesare, ich bin's, komm runter, so rasch du kannst, ich bin's, tatsächlich.« So malte er sich das aus; während er die Treppen hinunterjagte, glaubte er es beinahe wirklich und war dann durchaus enttäuscht, in der gewohnten unbekannten Menge, die dahintreibt und auf nichts achtet, niemanden zu finden. Oder stand da vielleicht doch eine Frau unten vor dem Haus, und Cesare kam die Lust an, zu fragen: »Sie haben auf mich gewartet, ausgerechnet auf mich? Wie lange denn schon, und wie kommt es, Signora, daß ich Sie nicht kenne?«

Bis Mitternacht hatte Cesare nichts zu tun, er mußte sich bloß nach draußen führen wie einen Hund, der schon gefressen und gepißt hat und immer noch hundert wundervolle Ecken beriechen will. Er versuchte die Leute nachzuahmen, wer weiß, ob man sich nicht besser fühlen würde, wenn man sich benähme wie die anderen. Er trank einen Kaffee in einer Bar, einen in einer anderen, betrat ein schönes Kino, verließ es wieder, sprang in eine Straßenbahn, stieg nach zwei Haltestellen aus, betrachtete die neuen Schuhe in den Schaufenstern, das Fleisch bei den Metzgern. Er betrachtete die Mädchen, aber nicht so wie früher, als er Gefallen an den Gesichtern gefunden und ihm zwei fröhliche Augen genügt hatten, eine runde Wange, ein kecker Haarschnitt, um ihn auf ihre Spur anzusetzen. Jetzt beobachtete er die Hüften, fühlte, daß darin die eigentliche Macht steckt, in ihren Höhlen. Schmerzlich nahm er zur Kenntnis, daß Ohrringe, Lippenstifte, die hochhackigen Schuhe, die grellen Hemdchen, das ganze Getue bloß dazu dienen, die Saat des Lebens in diesen Höhlen zu befruchten. Und daß selbst die Gefühle, ohne Wissen dessen, der sie hervorruft, nur darauf hinarbeiten, eine Frau auf ein Bett zu werfen, und ein Mannsbild darüber, damit er ihr den Bauch füllt, auf daß sich alles die Zeiten hindurch so fortwälzen möge.

Auf das kalte Geländer des Eingangs zur unterirdischen Passage der Metro gestützt, bewunderte Cesare ein Mädchen, das in einem fort sein Köpfchen der Treppe zuwandte, auf der sein Abgott erscheinen mußte, und das sich gleichzeitig mit den lackierten Fingernägeln das Haar toupierte, den Rock über dem Bauch und an den festen Hüften glattstrich, zwei Fingerkuppen befeuchtete, um die mit der Pinzette ausgezupften Brauen nachzuziehen. Sie sang halblaut ein kleines Lied, das nur aus Vögelchen und aus Liebe bestand, und beäugte gleichzeitig beunruhigt den Eingang zur Unterwelt und die kleine Uhr an ihrem Handgelenk. »Ich weiß, was sie will, viel besser als sie weiß ich das«, dachte Cesare, »und ich weiß, daß ihr Mannsbild zu spät kommt, um das Verlangen zu schüren, damit es unwiderstehlich aufbricht, viel besser als er weiß ich das, der immer noch weit weg ist und sich mit dem Taschentuch die Schuhe poliert, und der die Züge der Metro vorbeifahren läßt und dabei flüstert: der nächste, ohne genau zu wissen, wie er sie denn überhaupt leiden machen will, wo er ihr doch gestern erst ein silbernes Kettchen geschenkt hat. Aber wenn er dann in der Helligkeit des Gehsteigs auftaucht, mit demselben Lied auf den Lippen und den glänzenden Schuhen, wird sie ihm nicht einmal gespielt nein sagen können, ihre Hüften werden sich ihm von allein zuwenden. Die sind jung, ich erkenne sie beide am Fleisch, an der Ungeduld, in den Schläfen spüre ich das Dröhnen der Metro, das neben dem Verlangen einherläuft. Auch die Blinden vermehren sich, in der Hoffnung, einander zu sehen.«

Und bisweilen folgte Cesare diesen Liebenden bis auf die blühenden Wiesen der Villa Borghese oder der Villa Sciarra und, hinter einer Statue oder dem Stamm einer Platane verborgen, liebte er sie und haßte sich selbst.

»Und sie, ihr Alter möchte ich wissen«, fragt ein Mann mit Plattfüßen, am Ringfinger mit dem Ringfinger seiner Frau verbunden, einer ausgedörrten, kleinen Person.

»Vierzig, im November«, antwortet Cesare.

»Die Ziege, ich wollte wissen, wie alt die Ziege ist.«

»Das weiß ich nicht.«

»Hält das kleine Vieh das denn aus?«

»Weiß ich nicht.«

»Und wieviel Kilometer pro Tag seid ihr gelaufen, um euch vorzubereiten?« mischt sich die kleine Frau ein, mit vor Anstrengung ganz abgehackter Stimme. »Und woher habt ihr die Ausdauer? Ich und mein Gatte, wir haben da so einen netten kleinen Hof vorm Haus, bei Tag stellen sie dort die Autos ab, dann fahren sie wieder an, starten, wenden, vor und zurück, aber in der

Nacht geben sie mehr oder minder Ruhe, und dann arbeiten wir mitten drin an unserer Kondition.«

»Auch bis zu zehn Kilometer pro Nacht holen wir aus diesem kleinen Hof heraus, ich und meine Gnädige, auf Ehre und Gewissen, verstehen Sie? Das schwöre ich Ihnen beim Haupte meines Sohnes. Alle sechs Monate müssen wir die Laufschuhe wechseln, denken Sie bloß. Der Zement frißt sie auf, im wahrsten Sinn des Wortes. Er verschlingt sie, allen Ernstes.«

»Lassen Sie mich doch in Frieden.«

»Darf ich Ihre Ziege streicheln, so, unterm Laufen?«

»Nein.«

»Und wo haben Sie sich die geschnappt, wollen Sie mir wenigstens das verraten? Im städtischen Schlachthaus, dem neuen, auf der Prenestina?«

Die Gruppe hat sich in eine lange Reihe aufgedröselt, die ersten sind schon auf der Höhe des Autogrills bei den drei Kilometern, aber für Cesare und Betta ist das noch ein fernes Licht. Cesare tut die Milz weh, das ist, als schnitte mitten in seine Hüfte eine scharfe Scherbe. Am Anfang ist das oft so, das kommt vor, das schreibt sogar die Fachzeitung, ich muß die Muskeln im Unterleib anspannen und an etwas anderes denken, dem Getrappel von Betta folgen, an etwas anderes denken.

An etwas anderes. Aber ist Cleopatra denn etwas anderes? Oder ist sie der nämliche Schmerz in der Hüfte, derselbe Atem, der fehlt, und heißt einfach bloß anders? In der medizinischen Beilage der Tageszeitung, auf dem Boden des Lieferwagens zurückgelassen und von Fußtritten verschmiert, hat Cesare eines Morgens die Meinung eines Fachmanns gelesen. Der verfocht einen seltsamen Standpunkt, und aller Wahrscheinlichkeit nach sollte man ihm auch nicht trauen, die schreiben doch, was sie wollen, in den Zeitungen. Cesare hat gesehen, wie sie das machen: da haben sie fünfzig weiße Seiten, und die müssen sie nun mit Worten bedecken. Der Fachmann hatte einen amerikanischen Namen und vertrat eine absurde Ansicht, fast nicht zu glauben und dazu angetan, dieses dreckige Blatt sofort zu verbrennen. Aber, man kann ja nie wissen.

Er sagte, daß alle Krankheiten in Wirklichkeit eine einzige Krankheit sind.

Aufbewahrt hatte Cesare von dieser Zeitung bloß, viermal gefaltet, die Seite in der Rocktasche, auf der die Annoncen und die Kontaktanzeigen und die Handleserinnen stehen, wo sich kolonnenweise Heere von Huren unter den blühendsten Namen anbieten. In irgendeiner Bar erstand er zehn Telefonmünzen, dann suchte er sich eine Zelle in einer Nebenstraße. Es gefiel ihm, für zwanzig, dreißig Sekunden diesen lockenden und eilfertigen Stimmen zu lauschen; wie diensteifrige Sekretärinnen leierten sie Adressen, die Nummern der Gegensprechanlagen und die Arbeitszeiten herunter, um abschließend zu murmeln: »Ich erwarte dich, du Schwein.«

»Bist du blond oder bist du braun?« fragte Cesare, um die Unterhaltung etwas hinauszuziehen.

»Wenn du kommst, kannst du's ja selber feststellen.«

»Und wie alt bist du?«

»Ich bin hier. Verlieren wir also keine Zeit am Telefon.«

»Sag mir wenigstens, ob du schön bist.«

»Ich bin die schönste.«

Und damit legte Cesare den Hörer auf, nahm ihn wieder ab und wählte eine andere Nummer, und nach dieser die siebente, die achte, und manchesmal auch die unbekannten Nummern, die er, mit Filzstift geschrieben oder mit Schlüsseln eingraviert, in der Telefonzelle, im Metall, fand. Es gefiel ihm, daß sein Anruf sich ins Weite verlor, entlang den unendlichen unter der Stadt ausgerollten Kabeln, dabei tausend andere Gespräche kreuzend und das Feld bei jeder Ziffer einengend (ein Viertel/eine Straße/ein Wohnhaus/du), bis endlich ein einziger Apparat, auf einem knarrenden Bett oder auf einem gedeckten Tisch abgestellt, nur durch ihn plötzlich aus dem Nichts zu schrillen anfinge und daß mit einemmal seine Stimme über diese unbekannten Räume hereinbräche, aus trockener Kehle. Wie viele Zimmer eröffneten sich dem Eindringen seiner Worte, und im Sommer, wer bewohnte sie da? Und die Frau, die ihm nun zuhörte, bei welchen Gedanken hatte er sie unterbrochen? Oft sagte Cesare gar nichts, stand bloß da, seinen Atem loszuwerden, hinein in all dieses: »Hallo? Hallo?«

Er legte auf, sobald ihn die Angst überkam, nicht mehr zurückzukönnen.

Eines Nachmittags wählte er die Nummer einer Sterndeuterin, der letzten im Verzeichnis, der letzten vor den gebrauchten Schreibmaschinen, Cleopatra.

»Ciao, Cleopatra«, sagte er. Und fügte gleich hinzu: »Ich bin's.«

»Idiot, zu mir kann keiner sagen: Ich bin's.« Die Stimme klang hart und wie in ein Rauschen gehüllt, wie ein Kieselstein in einem Fluß.

»Warum?«

»Das ist dummes Zeug, darum. Das ärgert mich.«

»Dann sag mir doch, was hast du an?«

»Einen Strohhut, keinen Strohhut, deinen Strohhut.«

»Was tust du gerade?«

»Ich schau' mir die Leute vom Fenster aus an. Ich

schau und geh spazieren, die Füße tun mir weh, ich schlafe, ich spreche mit dir, ich ekle mich vor dir, ich liebe dich, ich erwarte dich.«

»Ich komme, Cleopatra.«

Cesare traf seine Ziege auf der Appia antica. Seit einigen Wochen war er nun allein, seit er eines Morgens nach Hause zurückgekehrt war und die Kommodenladen herausgezogen und leer, die Schränke geöffnet und leer, den Korb für die Spielsachen leer gefunden hatte, bloß ein paar Murmeln aus Glas auf dem Boden, die ihn wie Augen anstarrten.

»Sofia« rief er. »Giorgio, Sofia.«

Er öffnete vorsichtig die Tür zur Besenkammer, in der Hoffnung, daß sich alles vielleicht auf diesem Quadratmeter versteckt hätte, neben dem Besen und dem Kübel, und daß Mäntel, Zinnsoldaten, Socken, Frau, Schirme, Baukästen, Kind, Schuhe ihm lachend entgegenstürzen würden. Da gab es nicht einmal den Besen und auch keinen Kübel mehr. »Sofia, Giorgio«. Nun rief er leise nach ihnen, und dann bloß noch mit geschlossenem Mund. »Sofia, Giorgio, Cesare.«

Er warf sich aufs Bett wie immer und träumte die Eiswürfel im Kühlschrank, groß wie die Quader der Pyramiden. Die Sonne löste sie nach und nach auf, verwischte ihre Kanten. »Löst euch nicht auf, ich fleh euch an«, murmelte Cesare und beleckte sie rundum, damit das Wasser nur ja nicht den Zimmerboden überflutete. Er fühlte die Kälte in den Bauch und in den Kopf eindringen, während die Eiswürfel dünn wurden wie Fensterglas. Auf der anderen Seite waren da ein weißer Himmel und Sterne, dunkel wie Muttermale.

Cesare erhob sich, wusch sich automatisch die Hände und das Gesicht, antwortete am Telefon.

Es war Sofia, sie sprudelte hastig alles hervor, ohne ihm die Möglichkeit für ein einziges Wort der Erwiderung zu lassen: »Ich bin abgehaun, ich mag dich nicht mehr, nicht nach uns suchen, adieu.«

Cesare lehnte sich an die Mauer, wo er Giorgio schön gerade und ohne Schuhe hatte stehen lassen, um ihn zu messen, wie es sich gehört. Das war ein Ritual, dem auch er als Kind sich hatte unterziehen müssen, die Schultern an die Wand gedrückt, die Fersen beisammen, die Schneide des Messers platt auf den Schädel gepreßt, endlich dann der rasche Strich mit dem Bleistift, das gelbe Meterband vom Boden bis zur neuen Kerbe gespannt. »Du wirst die Decke durchstoßen, wenn du so weitermachst«, sagte seine Mutter zu ihm. »Schau, Cesare, du bist so gewachsen, du schießt hoch wie eine Bohnenstange. Ach, wer weiß, wo wir die nächste Kerbe hinsetzen werden, in zwei Monaten, in den Himmel werden wir die ritzen müssen.«

»Ich bin abgehaun, ich mag dich nicht, wir mögen dich nicht mehr.«

An dieser Mauer, unter all diesen Kerben, zusammengebrochen, mit durchgedrückten Knien, blickte Cesare mit nassen Augen an der Wand hoch und sah, daß er nun viel kleiner war als sein Sohn.

Der Autogrill nach den drei Kilometern ist geschafft, das Stechen in der Milz noch nicht. Aus dem Augenwinkel heraus hatte Cesare vor der Tankstelle, unter dem leuchtenden Schild mit dem Hund, der auf sechs Läufen dahingaloppiert, viele Paare gesehen, die an ihren Knoten herumhantierten, um sich voneinander loszubinden. Manche hatten sich, den Kopf im Nacken, geradezu mit dem Mund an den Wasserflaschen festgesogen, und die Klagen über die Müdigkeit, die zu hören waren, schienen direkt aus diesen gläsernen Trompeten aufzusteigen; andere schütteten sich das Wasser über die Haare, auf den Hals, über die Beine. »Zu zweit für die Welt, sie leben hoch, der Friede, er lebe hoch«, brüllte irgend jemand, vielleicht einer von der Rennleitung. Ein nicht sehr großes Mädchen weinte und wiederholte einem Mann gegenüber, der die Hände in die Hüften stemmte: »Ich geb mich zufrieden, ich geb mich zufrieden damit.«

»Aber ich mach weiter, drei Kilometer sind doch gar nichts, das kann man ja nicht ernst nehmen«, hat Cesare gedacht.

Die Ziege zieht auf der Leitlinie des Randstreifens dahin wie eine Lokomotive auf ihrem Gleis. Sie weiß vielleicht nicht einmal, daß man sich jetzt damit zufriedengeben könnte, saufen, den Zucker an der Bar fressen. »Vielleicht haben Ziegen keine Milz«, denkt Cesare. Jetzt muß ich die Atemtechnik ändern und gleichmäßig rhythmisieren, die Luft also durch die Nase ein- und durch den Mund ausatmen: tief durch die Nase, ganz tief, einatmen und raus aus dem Mund, immer im gleichen Rhythmus, dem von Bettas Hufen.

Und statt dessen schnappt und prustet er weiterhin in wirren und ganz kurzen Stößen nach Luft, als sei sie so bitter, daß man in sie hineinbeißen und sie ausspucken könnte.

Auf einer Anhöhe sieht Cesare einen hohen Baum sich in kleinen Lichtblitzen erhellen, umloht von den Scheinwerfern der Lastwagen, die in Richtung Rom fahren. Er ist voller Wind, das Laubwerk belebt sich jedesmal festlich, sobald es aus dem Dunkel herauskommt. Auf die Autobahn senkt sich dieser Wind nicht herab, es scheint vielmehr, als würde der Baum ihn aus sich selbst heraus erzeugen, als trüge er all diese frische Luft in sich. Er ist ein Baum, er steht fest in der Erde und atmet. Ich bin ein Mensch, ich schlage mich mit meiner Ziege durch.

Bevor er zu Cleopatra ging, stärkte Cesare sich in einem Lokal an der Ecke, wo alles dazu bereitlag, im Handumdrehn Brot und Fleisch zu servieren. Cesare wollte es einfach nicht gelingen, diese Speise mit dem amerikanischen Namen zu benennen, das Wort dafür brachte er nicht über die Lippen. Das Serviermädchen, ein niedliches Schiffchen auf dem Kopf, unter dem lauter Löckchen hervorquollen, empfing die Kunden an der Theke mit einem bezahlten Lächeln: »Sie wünschen?«

»Brot und Fleisch«, stotterte Cesare, und in ihrem jungen Gesicht blitzte Ekel auf.

In weniger als einer Minute hatte Cesare den Klumpen hinuntergewürgt, eine Halbe Bier vom Faß nachgespült und war so gut wie bereit. Ich rauche jetzt in aller Ruhe eine Zigarette, entspanne mich ein wenig, und dann geh ich: aber nach drei Zügen war er auf der Straße, und die Zigarette steckte verlassen zwischen den Fleischbrocken, auf dem harten Plastiktablett. Vor Cleopatras Hauseingang fuhr er ganz instinktiv mit der Zunge über die Zähne, um alle Reste zu entfernen, als wäre er unterwegs, eine Braut zu küssen, um mit ihr über die andren und überhaupt über alles zu lachen. In der Brust hämmerte das Herz ganz stark, und in den Venen spürte Cesare ein Gewimmel von verschreckten Ameisen. Er läutete an der Gegensprechanlage, dort, wo stand *Mond und Sterne*, und wartete, bis endlich das Schloß und sein Herz gleichzeitig aufsprangen. Das ist das letzte Mal, ich komm nicht wieder hier her, das muß das letzte Mal bleiben.

Cleopatra lag nackt auf dem Doppelbett. Rings um sie war tiefer, kühler Schatten, ein Lehnstuhl, ein runder Duft, ein kleiner Tisch mit einem leeren Bilderrahmen darauf und den Schachteln mit den Präservativen und den Papiertaschentüchern. Sie hatte breite Hüften und Augen, sie war eine Kurve, die sich gleichsam nie schloß, wie eine weiße Wolke, die sich ganz langsam verändert.

»Ich will heute ausruhn«, sagte Cesare. »Diese Unrast zur Ruhe bringen, die mir den Schädel in hundert Stücke sprengt.«

»Hier ist jeder das, was er will.«

»Und du, Cleopatra, was willst du?«

»Nichts. Dich ausruhn sehen.«

»Willst du, daß wir zusammen essen, heute abend? Laß uns in ein feines Restaurant fahren, ans Meer, und viele Fische essen.«

»Ich verlaß das hier nie.«

»Warum?«

»Die ganze Welt kommt zu mir wie ein Hund, auch dein Restaurant. Es leckt mir die Hand, bezahlt mich, beichtet.«

»Und wenn du allein bist? Wenn stundenlang keiner kommt, woran denkst du dann?«

Cleopatra antwortete nicht sofort, änderte bloß ganz sachte ihre Lage, ein Bein streckte sie auf dem Laken aus, das andere bog sie zurück, den Kopf ließ sie auf die Schulter sinken.

»Wenn ich allein bleibe, bete ich. Ich wiederhole ein Gebet, das ich vor zehn Jahren gelesen habe, mit Filzstift in der Toilette in einem öffentlichen Park angeschrieben. Es sind zehn Jahre, daß ich es aufsage: ›Gott, der du bist die Rosen und die Dornen, die Gärtner und die Dürre, du, der du bist jeder Stein auf dem Kiesweg und die Hündin, die im Gebüsch wirft und verreckt, die Geilheit und die leere Bank und die Inschrift Hundsgott an der Eingangsmauer, liebe dich selbst.‹«

Im Lehnstuhl sitzend, wiederholte Cesare diese Worte gleich darauf und fühlte sie besänftigend in seinen Körper einsinken.

»Ich möchte dich streicheln, Cleopatra, aber ich hab Angst.«

»Wovor?«

»Jede Gebärde bringt eine nächste hervor, und du kannst ihnen nicht Einhalt gebieten. Sie sind wie die Träume, die Gebärden, sie tun, was sie wollen, jede macht zwei Kinder, und dann sind es vier, dann acht, die kreischen, die alles schmutzig machen, die sich untereinander paaren und ganz einfach widerwärtig sind.«

»Das ist alles nicht wahr, beruhige dich, streichle mich.«

»Ich kann nicht, ich hab Angst, dir weh zu tun. Ich fühle mich wie die Pranke eines Viehs.«

Einsam und fern, berührte Cesare sich in seiner Hose, und als er sich selbst befleckte, schloß Cleopatra auf dem Bett die weichen Schenkel.

Cesare traf Betta auf der Appia antica, nahe dem Grabmal der Cecilia Metella. An dem Tag, an dem er plötzlich, aus heiterem Himmel, ohne Familie dagestanden war, erwarb er ein Paar Sportschuhe, die auch zum Laufen geeignet waren, drei bunte Leibchen, zwei Paar kurze Hosen, dicke Socken, ein Schaumbad, ein großes Frotteehandtuch, einen Seesack, auf diese Weise füllte er doch ein ganz klein wenig wieder die Kommoden und die Schränke, die Sofia geleert hatte.

Von da an gewöhnte er es sich an, zu trainieren, gegen Abend.

In der ersten Zeit durchquerte er die Stadt, um die Acquacetosa zu erreichen, die große Sportanlage in der Nähe des Flusses. Da unten sind die Leute, die auf der Rennbahn ihre Runden drehen und schwitzen, die hochspringen und kugelstoßen, so weit es nur geht. Vor den Toren verriet eine Unmenge geparkter Mopeds, daß dies kein Ort für Alte war, und vielleicht nicht einmal einer für reife Männer oder womöglich für ziemlich überreife. Cesare durchschritt das Gittertor, wie der faltige Elefant die Alpen überschritten hatte: mit Zuversicht und Verzweiflung. Mit raschen Schritten wandte er sich dem Gebäude mit den Umkleideräumen zu, aber bevor er hineinging, beugte er sich einen Augenblick nieder, um aus dem kleinen Brunnen zu trinken, weil sein Gaumen schon ganz ausgetrocknet war.

Der Umkleideraum ist ein Riesensaal voll mit Bänken und Haken und Leuten, die nackt auf und ab gehen und sich an den Eiern kratzen. Alle werden sie langsamer, sobald sie an den vier Spiegeln vorbeikommen, um einen Blick hineinzutun, der geistesabwesend wirken soll, wie zufällig, und dabei strecken alle unmerklich die Brust heraus, klopfen sich mit der Faust auf den eingezogenen Bauch. Oder aber sie schlurfen mit ostentativer Nachlässigkeit in den Duschpantoffeln daher, nähern sich ihrem herausfordernden Spiegelbild unter dem Vorwand, aus der Nähe eine Blase an der Schulter zu prüfen, eine Wimper im Auge, und wenn sie dann in die Mitte des Saals zurückkehren, verströmen sie die selige Aura derer mit den Goldmedaillen.

Cesare suchte sich einen Haken in einer Ecke, behängte ihn mit ganzen Schichten von Kleidern und trug inzwischen die aus dem Seesack, oft noch feucht von altem Schweiß. Er versuchte sich natürlich und ungezwungen zu bewegen, aber in den Händen steckte viel zu viel heimliche Erregung, auf diese Weise fand er sich mit verkehrt herum angezogenem Leibchen wieder, die Unterwäsche war vom Haken gerutscht oder das Duschgel auf den Boden gefallen oder irgend jemandem zwischen die Schuhe gerollt. Und dann war da die Frage der Geldbörse: sollte man sie in der Hosentasche lassen oder nicht? Manchmal griff er nach ihr, um sie mit nach draußen zu nehmen, dann aber bedauerte er diese Geste, weil ihn doch so die anderen, diese Unbekannten, für argwöhnisch halten konnten, das mochte wie Mißtrauen aussehen, gleichsam wie eine Anschuldigung. Er steckte sie also in die Hose zurück, aber das wiederum hatten inzwischen viele bemerkt und konnten daraus ihren Nutzen ziehen. Aus dem bißchen Geld und der Kopie des Führerscheins machte Cesare sich überhaupt nichts: das war, weil er nicht anders erscheinen wollte, fehl am Platz, nicht vertraut mit einem ihm zudem unbekannten Kodex, mit all dieser unversehrbaren Kraft. Er fürchtete, daß die kälteste unter diesen Muskelmaschinen mitten im Umkleideraum den Arm heben und, den Zeigefinger wie ein Stilett auf ihn gerichtet, brüllen könnte: »Was suchst du denn hier? Du, der du nur an den Tod denkst?«

(Wann und woher ihm die Idee, zu laufen, gekommen war, mit vierzig und Schienbeinen, die unten schon vollkommen kahl waren, mit vielen Falten auf dem Bauch und zwei porzellanenen Brücken im Mund, an dem immerzu die Zigarette klebte? Vielleicht vor zehn Jahren und in einer Bar am Stadtrand, aber Cesare erinnert sich gar nicht mehr daran. Er stand an den Tresen gelehnt und wartete, daß der Cappuccino ein bißchen abkühlen würde. »Lauwarm, wenn ich bitten darf«, hatte er ganz deutlich verlangt, aber es gibt einfach kein Mittel, den

Mann an der Espressomaschine im Winter dazu zu bewegen, die Milch in der kleinen Kanne nicht bis zum Siedepunkt zu erhitzen. Cesare hätte sich den kalten Nordwind in die Lungen gewünscht, während er nur obenhin auf dieses heißglühende Gebräu blies, das ihn dazu zwang, untätig dazustehen, seit der Ewigkeit von zwei oder drei Minuten auf den Ellenbogen gestützt, anstatt nach irgendwohin zu verschwinden. Gerade nur so lauwarm, muß ich beim nächsten Mal sagen, es ist lächerlich, so zu blasen und da zu stehen, an den Tresen gelehnt wie einer, der sich wohl dabei fühlt. Und inzwischen berichtete der Mann hinter dem Tresen, ein Truthahnhals, ein haarloser kleiner Kopf, zwei Hühnerschultern, einem Typ mit Cognacatem davon, wie er am letzten Sonntag gelaufen war, gewisse Hügel hinauf und wieder hinunter, durch alte Dörfer, bis hin zum Einbiegen auf eine endlose Strandpromenade, Sand auf der einen und viele kleine Hotels auf der anderen Seite, dann Gestrüpp und immer weniger Leute am Straßenrand, die sich über einen lustig machen. »Es war das erste Mal, weißt du, und ab einem bestimmten Punkt hab ich nicht mal mehr ein Kilo gewogen und kriegte nichts mehr mit, nicht wo ich war, nicht wieso die Beine von alleine liefen, ich weiß nicht, ich fühlte mich einfach null und glücklich.«

Vermutlich seit damals hetzt ihn die Idee, oder seit einer noch viel weiter zurückliegenden Nacht, als der Unteroffizier Bikila allein und barfuß auf dem Steinpflaster vor dem Kolosseum eintraf und Cesare, ein Knabe von zehn Jahren, von der Menge gegen die Absperrung gedrückt, so klein, daß es ihm kaum möglich war, etwas zu sehen, während all die anderen schrien: »Der Neger hat gewonnen«, Cesare, der dachte: »Jetzt, wo er als erster angekommen ist, wird er stehen bleiben oder nicht?«)

Im Schatten der Felder ragen eiserne Masten hoch auf wie Riesen, und zwischen ihnen dehnen sich im Schwung Leitungen, die die Elektrizität in Umlauf bringen. Nicht einmal die Vögel lassen sich auf diesen summenden Stahlseilen nieder. Da drüben färbt ein Blitz den schwarzen Himmel violett, in so weiter Entfernung, daß der Donner es nicht schafft, ihm bis hierher zu folgen.

»Haben Sie diese Ziege einem Hirten abgekauft?«

»Nein.«

»Also wir haben vor Jahren einem Hirten einen Hund für tausend Lire abgekauft. Er hieß Zickzack, armes Vieh.«

Neben Cesare und Betta mühen sich gerade zwei vollkommen gleich aussehende Bürschchen ab, vier lange und knochige Beine, das gleiche Profil, das jetzt sanft auseinanderfließt, um sich dann fast zu überdecken, und sich doch wieder löst, als würde es vergeblich versuchen, zu fokussieren.

»Wir sind vollkommen erledigt, aber wir haben einen Schwur geleistet und müssen mindestens noch zwanzig Kilometer durchhalten.«

»Welchen Schwur?«

»Wir laufen für unsere Mutter, sie kommt und geht aus der Nervenklinik. Die Ärzte knöpfen ihr alles Geld ab, das sie nur kriegen, sie stehlen ihr sogar den Zwieback, den wir ihr bringen. Vor einem Jahr hat sie damit begonnen, zu behaupten, daß nur einer von uns beiden ihr Sohn ist, der andere bloß ein Schatten, der so lange existiert, als es ihr gefällt, das Fenster offen zu lassen. Sie erklärt nicht einmal, wer der Sohn und wer der Schatten ist, diese arme Unglückselige, sie lacht bloß, sie wäscht sich nie, sie stellt das Radio auf Überlautstärke, und die Nachbarn beschweren sich. Sie kommen ins Haus und beschweren sich, und sie erzählt ihnen, daß nur einer ihr Sohn ist, daß es den andren in Wirklichkeit gar nicht gibt. Im vergangenen Monat haben wir geschworen, abwechselnd immer nur einer pro Tag zu schlafen und zu essen, und noch früher hat immer nur einer pro Tag gesprochen.«

»Verstehe.«

»Gestern abend haben wir unsere Mutter gemeinsam verhauen, auch am Kopf, dort, wo die Unordnung sitzt, unter diesem grauen Haarbalg, den sie sich nie kämmt. Sie hat bloß gegrinst und gesagt: Du tust mir überhaupt nicht weh, mein Kleiner, du verdirbst dir bloß deine feinen Händchen.«

»Verstehe.«

»Was verstehen Sie? Sie laufen mit einer Ziege, was wollen Sie verstehen?«

»Streichle mich.« – »Ich hab Angst, dir weh zu tun, Cleopatra, ich spüre eine Pranke in meiner Hand.« – »Liebkose mich dennoch, ich bin hier mit dir, du hast doch schon bezahlt, streichle mich, als wäre ich deine eigene Haut.«

Eindringlich hat es eines Morgens an der Wohnungstür geläutet, und als Cesare, ganz verblödet vom Schlaf, stotterte: »Wer ist da?« und eine ruhige Stimme entgegnete: »Machen Sie auf, wir sind die Carabinieri«, ist er aus Angst aufgesprungen wie einer, der sich versteckt hält. Cesare wußte nicht mehr, was er getan und was er nur befürchtet hatte, ob die schlimmen Wünsche ebenso schwer wiegen wie die Untaten. Alles schien ihm gleichzeitig möglich, unmöglich. Die Carabinieri trugen weder Uniform noch, so weit man sah, Pistolen, sondern im Gegenteil bloß zwei vollrunde Gesichter und das ruhige Aussehen derer, die den Frieden, den eigenen vor allem, verteidigen. Betta beroch ihre Beine, ihre Hände, die Dienstausweise, drängelte von einem Raum in den nächsten.

»Ich habe nichts getan«, hat Cesare, viel zu rasch, gesagt. Und zu sich selbst: »Cesare hat Cleopatra nichts getan, Ehrenwort.«

Sie haben ihm einfach so, aufs Geratewohl, befohlen, irgendwelche Laden aufzumachen, und jedesmal hat Cesare einen Schlag gegen sein Herz verspürt. Dabei wurden ganze Klumpen aus Socken und Taschentüchern sichtbar, ungebügelte Hemden und leere Fächer, schmutzverkrustete Tassen und Teller, aber wer weiß, vielleicht konnte überraschend aus einer Schublade blutverschmierte Unterwäsche herausdrängen, ein Schrei. Die Wohnung wurde vor lauter Unordnung immer kleiner. Seit langem schon zog Cesare nicht einmal mehr die Rolläden hoch, um zu lüften, selbst das Licht schien zu stinken, so gelb und so verbraucht unter dem Staub der Lampe.

»Meine Frau hat mich verlassen«, hat Cesare sich entschuldigt. »Ich habe überhaupt nichts getan.«

Der rundere der beiden Carabinieri hat sich neben Betta hingekniet, um einen Blick unter das Bett zu werfen, die Wange in den Staubkringeln auf dem Boden und die Hose über dem Hintern gespannt, einen Flicken drauf. Der andere stand zwar nur mit gekreuzten Armen da, mit den Augen aber befingerte er alles ganz genau. Die Horde der Gedanken, immer noch vorne ausgerichtet, kauerte sich nun in Cesares Kopf zusammen wie auf einem winzigen feuchten Hof, wie auf einer Kachel, noch kleiner. »Sie ermitteln über mich, also gibt es mich. Aber Cleopatra habe ich fast nichts getan, Ehrenwort, fragt sie doch selbst.«

Auf dem Bezirkskommissariat teilten sie ihm kalt mit, daß irgendein Soundso ihn vor Monaten dabei beobachtet habe, wie er brennende Zeitungen in einen Wald warf, der habe sich seine Autonummer aufgeschrieben und das Feuer mit Fußtritten ausgetreten. »Sie verbrennen unsere Remittenden«, sagten sie zu ihm bei der Zeitung und entließen ihn. »Adieu und Kopf hoch«, verabschiedete ihn der alte Knabe, der ihm zwanzig Jahre hindurch dabei geholfen hatte, den Lieferwagen zu beladen. »Ruh dich aus.«

Und Cesare dachte: »Von heute an kann ich Tag und Nacht laufen.«

(Seit welchem keuchenden Augenblick hat diese Idee ihn zu hetzen begonnen, und weshalb? Es ist schwer denkbar, daß Cesare noch den engen und kurzen Flur vor sich sieht, die nackten Füße auf den feuchten Kacheln, die Mutter da, nur noch zwei Schritte entfernt, die Mutter, wie etwas Sanftes, in das man sich ruhig hineinfallen lassen konnte – »Los, Cesare, heb die Beine, komm her zu mir.«

Und unter dieser riesenhohen Decke, in diesem Flur, unendlich wie alle Flure der Kindheit, mit vorgestreckten Armen dahinschwankend, schickte Cesare erst ein verliebtes Bein vor, dann das andere: so, vorwärts, vor sich hin, wie um ganz heimzukehren, während die Mutter noch weiter fortglitt. »Nur Mut, mein Schatz, geh weiter, komm her zu mir, hol mich ein.« Die Mutter, jung wie die Mädchen von heute, zum Kind herabgebeugt, mit Haarspitzen, die die feuchten Kacheln berührten. Auf Fußsohlen glitt sie noch weiter fort, wich zurück, ohne es ihm zu zeigen – »Mach weiter, mein Schatz, mach weiter, nicht fallen, oh, nein, nicht fallen ...« An die Badezimmertür gelehnt, rauchte der Vater und sah zu, trieb ihn an: »So heb doch die Füße, Idiot.«

Oder war die blinde Unrast zuerst dagewesen, als seine Mutter für ein paar Minuten noch nicht einmal seine Mutter war, sondern ein Mädchen, jünger und dümmer als die von heute, dessen Verlangen aus einem offenstehenden Knopf ihrer Bluse bestand, den Blick auf ihre Brust freizugeben, und der Vater nur ein Mann nach dem Mittagessen war, mit geöffnetem Gürtel und der Lust, die an ihm rieb, der sagte: »Wohin willst du entkommen, dummes Huhn, auch auf dem Gipfel der Welt erwisch ich dich, wir können nicht entkommen ...«)

Jeden zweiten Sonntag konnte Cesare seinen Sohn sehen und mit ihm gemeinsam den ganzen Tag lang durch die breiten Straßen der Stadt spazieren, zwischen herabgelassenen Rolläden und kleinen Parks, sinnlos mitten in öde Plätze gerammt. Er gab sich Mühe, sich ordentlich anzuziehen, um neben der akkuraten kleinen Krawatte Giorgios nicht abzufallen, neben diesem Scheitel, von sicherer Hand und mit feuchtem Kamm durch die Haare gezogen. Er hoffte immer, den falschen Tag erwischt zu haben, die ähneln einander doch alle, diese Sonntage, vielleicht, daß Giorgio heute gar nicht kommt.

»Ich bin's«, meldete sich pünktlich die Stimme in der Gegensprechanlage.

»Ich komm sofort runter.«

Bisweilen hätte er zu ihm sagen wollen, daß er doch heraufkommen solle, aber vielleicht hatte Giorgio die Wohnung anders in Erinnerung, den Teppich glattgezogen und die Klomuschel sauber, die Pflanzen in der Ecke noch alle am Leben.

Vor den Briefkästen tauschten sie einen flüchtigen Kuß und eine eckige Umarmung. Eines Sonntagmorgens unterbrach sie eine Dame auf der Rückkehr von der Messe: »Es ist schon ein Weilchen her, daß ich dich nicht mehr gesehen hab, Kleiner. Du bist doch wohl nicht fortgezogen?«

Rasch, nur raus aus diesem düsteren Hausflur. Für eine Weile schritten sie schweigend nebeneinander her, so, als würde das ihnen beiden, ihren viel zu erwachsenen Namen, genügen, einen endlos langen Sonntag damit auszufüllen.

»Was tun wir, Papa?« fragte Giorgio mit einer Stimme, die vor Erwartung gespannt war.

»Worauf hast du denn Lust?«

»Entscheide du, mir ist alles recht.«

Auf diese Weise landeten sie bei der Hunderennbahn am Ponte Marconi, um die Windhundrennen anzusehen. Vor den Wettbüros wogte ein Meer von Menschen, die Hände voller Geldscheine und im Kopf Generationen siegender und placierter Tiere. Dann drängten sie gegen die Absperrung, und für vierzig Sekunden schrien alle »Lauf, lauf, lauf«. Der Wettkampf vollzog sich hinter dieser Hecke aus Rücken und Schreien, unsichtbar. Cesare investierte zehntausend Lire, und zwar so, daß der Sohn die Hunde aussuchen konnte. Aber Giorgio war ewig unentschlossen, und oft liefen die Windhunde schon hinter dem Stoffhasen her, bevor er noch auf irgendeinen von ihnen gesetzt hatte.

»Kaiser ist schön, aber Katapult hat einen so hübschen Namen, und der Mamma würde Zorro besonders gut gefallen, der ist so schwarz und schmächtig. Und welcher Hund gefällt dir, Papa?«

»Die sind doch schon am Ziel, Giorgio. Denk jetzt an die nächsten.«

»Wann gehen wir von hier fort, Papa?«

So nahmen sie also einen anderen Bus und dirigierten sich, je nach Jahreszeit, auf ein Eis zu oder auf eine Tüte mit Kastanien. Das war im Nu verschwunden, dieses Geschenk, manchmal landete ein Gutteil davon auf dem Asphalt oder war schon vorher aufgezehrt.

»Was tun wir jetzt?«

Das Kino hielt sie etwas länger fest, auch wenn sie sich keinen Film bis zum Ende ansahen: niemand starb je darin, niemand lebte glücklich und zufrieden.

Auf der Straße schritt Giorgio munter aus und hielt die Augen unentwegt auf Cesare gerichtet, mit einem Vertrauen, das ein klein wenig knarrte wie seine neuen Schuhe, eine Spur zu eng, aber nicht aufzuhalten. Der Zoo, der Luna-Park unter dem Ponte delle Valli, die Feuerwehrkaserne, das war jeweils eine Handvoll von fünfzehn, zwanzig Minuten.

Es konnte geschehen, daß das Licht des frühen Nachmittags Vater und Sohn auf einem kleinen Mäuerchen sehr weit fort von zu Hause sitzen sah, däumchendrehend, mit den Beinen baumelnd. Die sauber gezogenen Scheitel zwischen den Haaren waren verschwunden, die sonntäglichen Kleider lasteten auf ihnen wie eine Pflicht.

»Und was tun wir jetzt?« fragte Cesare, noch einen Augenblick bevor es Giorgio tat.

Von der Marathon-Autobahn aus sieht man einen Zug in Richtung Rom rasen: hinter den erleuchteten Waggonfenstern die Umrisse von Leuten, die bereits die Koffer aus den Gepäcknetzen nehmen. Sie sind fast am Ziel, sie werden ihre Zeitungen hundertmal von vorne nach hinten und von hinten nach vorne gelesen, sie, immer noch mehr zerfleddert, untereinander ausgetauscht, werden Gespräche über jedes nur erdenkliche Thema angerissen haben, das Einspruch verdient, Eisenbahnproviant gekaut und ein Viertelstündchen geschlafen haben, einen Speichelfaden am Kinn. Sie werden Krümel in den Kleidern haben und überall am Körper ein Gefühl von Verdrießlichkeit. Sie werden rasch aussteigen, unsinnige Abschiedsworte aneinander richtend.

»Auf Wiedersehen, Die Welt ist klein, Ich komme oft mit diesem Zug nach Rom, Wir hören voneinander, Vergessen Sie nicht: Ich wohne in der Balduina, Und ich Mario, ich heiße Mario.« Sie werden sich im Nu in Nichts aufgelöst haben, mit dem Kopf schon voraus in der Wohnung, im Hotel, bei der nächsten Verabredung. Aber wenn einer von ihnen, irgendein x-Beliebiger, vielleicht der einzige, der absolut nichts zu tun hat, wenn der genau in dem Augenblick, in dem er den Bahnhof verlassen möchte, mit der Trunkenheit, die in solchen Momenten in der Luft liegt, wo alles nur auf uns zu warten scheint, wenn der sich plötzlich bewußt würde, daß er einen Sack oder einen Hut vergessen hat, nun also: auf seinen Spuren zurückzukehren, allein zurück zu dem verlassenen Zug, den erregten Fluß der voraneilenden Menge querend, ja, dorthin zurückzukehren wird ihm ungeheuerlich erscheinen: ungeheuerlich, sich zu dem Abteil durchzukämpfen, das durch die Worte aufgebraucht, durch die Unaufmerksamkeiten, die Gedanken aufgezehrt ist, mit den stummen Zeitungen auf dem Boden, Nachrichten aus einer babylonischen, sumerischen, italienischen Zeit. Und doch, wenn er genau dort Platz nähme, wo er gesessen hat (und beinahe schon beim Betreten des Trittbretts verlockt ihn diese Idee), und wenn er sitzend die Augen mutig bis auf einen Spalt schlösse, sich beruhigte, reglos im reglosen Zug im reglosen Bahnhof, wenn er tief durchatmete und wenn er dann lächelnd vom Boden des Abteils irgendeine Zeitung aufnähme, ja, dann geschähe vielleicht, daß alles ... Beinahe trau ich's mir zu, ich hab nichts zu tun, niemanden zu Hause, im Gegenteil, ich wohne in einer anderen Stadt, warum nicht, es ist mein Hut, der mich zurückgerufen hat, der weiß das besser als ich. Aber nein, tausendmal nein, wie entsetzlich, was für hirnverbrannte Ideen. Mit dem Arm in das Abteil langend, würde der Mann seinen Hut gleichsam im Flug ergreifen, und fort damit, voller Widerwillen, ohne sich auch nur umzudrehen, nur raus aus diesem waagrechten und schwarzen Schacht, aus dieser leeren Unbeweglichkeit.

Von der Autobahn aus sieht Cesare einen Zug in Richtung Rom rasen. Wer weiß, ob auch Betta ihn gesehen hat, ich glaube nicht, sie hat die Hörner gesenkt und Blindheit im Leibe. Und überhaupt: Was bedeutet ein Zug für eine Ziege? Seit kurzem haben Cesare und Betta die Zehn-Kilometer-Linie hinter sich gelassen; rundum gab es viele Erschöpfte, und in das Hecheln der Atemstöße hinein hat irgendwer geschrien: »Der nächste Zieleinlauf ist nach zwanzig Kilometern, unter dem Autogrill Pavesi. Das werdet ihr nie schaffen.«

»Danke«, hat Cesare erwidert, ganz mechanisch.

Betta ist nicht einmal langsamer geworden, so als hätte sie es gehört und als erklänge ihre Antwort in den starrsinnig und verächtlich klappernden Hufen.

Und überhaupt: Was bedeutet der Autogrill Pavesi für eine Ziege? Und das Ziel, für Männer wie für Ziegen, was ist das eigentlich?

»Cleopatra, laß uns ans Meer fahren. An den Strand, das Meer anzuschaun, nach Ostia, das Meer, die Wellen. Es gibt ein Restaurant dort.«

»Es ist Winter. Es ist Januar.«

»Aber die Luft ist doch ganz klar, man fühlt sich wohl dabei. Laß uns hinausfahren, die Wellen. Ich beschwöre dich.«

»Ich seh vom Fenster aus nur Leute im Mantel, mit gefrorenem Atem. Ich seh gut den Schnee, der da herunterfällt. Und hier tun sich die Männer schwer damit, die Kleider abzulegen, darunter nichts als schneeweiße Haut. Wenn sie's heute treiben, dann mit festgehaltenen Wollstrümpfen, nur so zitternd vor dem Schnee.«

»Heute bin ich eine Stunde lang im Unterhemd unter den Bäumen gelaufen.«

»Wozu braucht man dieses Ausgehn, um sich zu verirren? Und das Laufen, was nützt dir das?«

»Ich weiß es nicht, Cleopatra, aber jetzt gehen wir aus. Zieh dir ein schönes Kleid an, einen eleganten Rock, die Perlen. Wir können in weniger als einer Stunde in Ostia sein.«

»Ich bin eine Hure, ich besitze keine Kleider, ich habe seit Jahren keine Kleider mehr. Im Schrank bewahre ich die Kleiderbügel auf, die Naphthalinkugeln, den Lavendel, und nicht ein einziges Kleid. Wenn es mir paßt, zieh ich die von den Frauen an, die ich unten vorbeigehen sehe. Heute schau ich mir den Schnee vom Fenster aus an, ich spüre seine Flocken auf den verfrorenen Knien der Männer. Ich rühr mich nicht vom Fleck. Das Meer, das werden mir eines Tages die Matrosen bringen, eines Tages. Und du, was bringst du mir? Hast du vielleicht irgend etwas, irgendeine Geschichte, um sie in mich zu versenken, irgend etwas, wofür du dich schämst, das mich ein wenig füllt? Warum flüchtest du unter die Bäume, mit all dem Schnee, der herunterrieselt? Warum läutest du bei mir, Unglücksmensch?«

»Cleopatra ...«

»Streichle mich, wie sich's gehört, das Rückgrat, den Nacken, den Hals ...«

Im Halbdunkel schien sie ein Haufen Kissen, eine sanfte Lawine aus hellen Kissen, die endlos weitersank.

»Laß mich ausruhn, Cleopatra, meine Hände tun mir weh.«

»Leg sie um mich, laß sie bis zu mir kommen.«

»Sie brennen mich ...«

»Such mich, Geliebter, wühl nach mir, ich bin unter dem Schnee, laß uns spielen.«

Cesare zwang seine Fäuste auf die Knie, legte den Kopf in den Nacken und starrte auf den großen Spiegel an der Decke, auf das Zimmer, wie in einem Zirkuskunststück auf den Kopf gestellt. »Ich habe eine Ziege«, seufzte er. »Vielleicht ist sie draußen und wartet auf mich, auf dem Gehsteig.«

In der Acquacetosa hat Cesare nie auf der Tartanpiste trainiert: das Starten, die Kurven, die Temporunden, das üben hier nur die echten Athleten, die mit dem Namen des Vereins auf dem Leibchen und mit den Flamingobeinen. Wenn sie Eindringlinge auf den Laufbahnen antreffen, dann schimpfen sie sie aus und kommen ihnen dabei mit der Stirn bedenklich nahe. Vom Pistenrand her, in der großen Wiese, spornen Männer sie an, die die Stoppuhr um den Hals gehängt haben wie ein Kruzifix, oder sie trösten ihre Schützlinge. »Jetzt mach mir vier Runden zu vierhundert mit jeweils drei Minuten Pause. Die Schultern vor, los, du wirkst wie eine Holzpuppe. Straffer das Bein über die Hürde. Los, wo du doch heute unterwegs bist wie die japanischen Züge. Den Sprung kürzer, kürzer und flacher. Mach mir drei zu tausend, dann unter die Dusche und ab nach

Haus. Später ruf ich dich an. Was hast du, spiel nicht den Blödmann, es ist nicht wahr, daß du das nicht aushältst, heul nicht.«

Über den Worten fliegen die Speere. Weiter drüben flitzen Burschen mit ausgeprägter Kinnlade los, pflanzen den Stab aus Kunstharz ins Loch, biegen ihn durch, steigen an ihm hoch wie Katzen, schnellen hoch, schnellen noch höher und kommen doch nie über die Latte. Wenn sie dann wieder aus dem Himmel fallen, breiten sie die Arme aus und fluchen.

Cesare lief allein auf der äußersten Bahn, außerhalb der Umzäunung, auf einer Strecke aus Erde und kleinen Steinen und selbst aus Stufen. Das ist eine Beamtenrunde, stur und schmerzhaft. Hier keuchen die, die nie aufgeben, so als lebten sie in geheimer Ehe mit diesem staubigen Rund, wie Esel oder Cherubine. Sie haben verzerrte Gesichter, unmenschliche Waden, Pulswärmer und Stirnbinden, weder Uhr noch Alter. Sie haben die Gangart von jemandem, der nie nach Hause zurück will. Unter ihnen hat Cesare für eine gewisse Weile Runde um Runde gedreht, wie ein Meteorit, immer schlaffer, fatal vom Frieden im Umkleideraum angezogen, von der Bank, auf der er niedersinken könnte, der aber noch nicht stürzen will und deshalb die Zähne für eine weitere Runde zusammenbeißt, und dann für noch eine. Anfangs schämte er sich für seine Schritte, ausgetreten wie Hauspantoffeln, für das Pfeifen in seinen flachen Atemzügen, für die Anfälle von Brechreiz, die ihm auf der seitlichen Bahn in den Magen fuhren. »Müssen Sie sich übergeben?« fragte ihn ein Läufer, schon viel zu weit fort für eine Antwort. Cesare wischte sich mit dem Handrücken den Mund und zog wieder los. Eine Runde mehr als gestern, wenigstens eine Runde mehr als gestern, das mute ich mir zu. Wenn er dann in den Umkleideraum zurückkehrte, hüllte ihn der Dampf ein, der aus den Duschen kam und unsichtbar machte. Unter seinem Garderobenhaken sitzend, nahm er Körper aus, die ruhig badeten wie Kühe im Regen und dabei lauter Zahlen ausstießen: »Zweiundzwanzig auf fünftausend. Achtunddreißig auf zehntausend. Hundertzehn, drei, sechzig.« Cesare zog hastig das Hemd über die kleinen Schweißbäche, zwang die Beine in die Hosen und das Trainingszeug in den Seesack, ging mit gesenktem Kopf hinaus.

Eines Tages stoppte ihn ein junger Mann mit dicken Brillengläsern gerade beim Verlassen der Anlage. Er hielt eine Zeitschrift in der Hand.

»Guten Morgen, Freund, gestattest du?«

»Was?«

»Interessiert dich ›Einen Schritt voraus‹? Ich möchte dir gern mehr davon erzählen, wenn du mir bloß zwei Minuten Gehör schenkst.«

»Ich glaub nicht, daß ich religiös bin.«

»Oh, nicht mal ich.«

»Und, was soll's dann?«

»Ich möchte dir nur unsere Jogging-Zeitung vorstellen. Wir machen sehr vorteilhafte Abonnements.«

Von da ab hat Cesare jeden Freitag den Briefkasten geöffnet und den ganzen Vormittag lesend verbracht. Und auf den letzten Seiten war es, daß er von dem Marathon »Zu zweit für die Welt« erfuhr, als nur ein Mensch auf der Straße war.

Die Straßenüberführung beim Autogrill Pavesi ist weit weg, auf der Krümmung des Horizonts, mit Lichtern bestückt wie ein Dorf für ein Fest. Die Autobahn führt mitten in sie hinein, mit all ihren Autos und ihren winzigen Läufern, zu Paaren zusammengebunden.

Cesare erinnert sich gern daran, wie sehr er es immer genossen hat, an einem dieser an die Glaswand gerückten kleinen Tische zu essen, hoch über dem Strom der Lastwagen und der Leute unterwegs schwebend, die da unter ihm verschwanden. Bisweilen gelang es ihm, seinen Blick mit den ganz kleinen Augen eines Mannes am Steuer zu kreuzen, eines, der für einen Moment zu den kleinen Tischchen aufsah und der vielleicht Hunger und Durst hatte, gleichzeitig aber auch eine Verspätung, die noch größer war als der Hunger und der Durst. Einer, der stur seiner Wege fuhr, um an irgendeinem Ort, zu einer bestimmten Stunde anzukommen. Um nicht stehenbleiben zu müssen, pissen die Marathonläufer sich selber an, und auch die Radrennfahrer halten das so, und alle sagen sie, daß das schön ist, wenn es regnet und wenn es kalt ist, die Wärme auf den Beinen zu spüren und drinnen das Volle, das leer wird. Es ist noch weit weg, das Pavesi über der Autobahn, aber es kommt uns entgegen, wird Schritt für Schritt größer, und auch auf die Gefahr hin, daß uns das Herz aus dem Hals springt, wir werden unter ihm durchziehen, Betta, wie unter einem Triumphbogen. So gleiten Cesares Gedanken von neuem zu seinen nächtlichen Fahrten zurück, Stunden um Stunden allein am Steuer des Lieferwagens: zu all den Tieren, die er dabei in zwanzig Jahren überfahren hat. Man soll nie bremsen, nie ausweichen, man stirbt wie ein Idiot, wenn man Mitleid mit einem dieser Füchse hat, die plötzlich ganz unvermutet die Straße überqueren. Cesare hatte sie zu Hunderten zerquetscht, streunende Hunde, verwilderte Katzen, Stachelschweine, Tiere ohne Namen: die kürzten den Weg ab, und vielleicht hätten sie es ja geschafft, den anderen Straßenrand zu erreichen, wären sie bloß weitergerannt, ohne nachzudenken. Irgendeines hätte es vielleicht geschafft. Aber so hatte sie mitten auf der Fahrbahn der Instinkt dazu getrieben, umzukehren, das plötzliche Aufschnellen rollte sich um sich selbst, der Kopf wurde Schwanz, der Körper eine einzige Unentschlossenheit, die die Reifen in Sekundenschnelle plattwalzten. Eines Nachts kam eine magere Hündin mit baumelnden Zitzen und ein Junges im Maul aus dem seitlichen Dunkel heraus und erschien unausweichlich vor dem Lieferwagen. Nie bremsen, nie ausweichen, geradeaus, als wär nichts, schön das Lenkrad festhalten, während der Lieferwagen sich kurz aufbäumt wie über einer Querrinne. Die Augen des Tieres sogen das Licht der Scheinwerfer ein, und die erloschenen Farben seines Fells glänzten, was sie konnten. Das Kleine baumelte ihr im Maul, vor und zurück, vor und zurück. Jetzt waren sie dreißig Meter, jetzt zwanzig Meter entfernt: »Lauf doch, hau doch ab, blödes Vieh«, brüllte Cesare, »laß dich doch nicht überfahren.« Und diese Hündin, anstatt dem sinnlosen Versuch nachzugeben, sich in Sicherheit zu bringen, anstatt umzukehren, rollte sich mitten auf dem Asphalt zusammen, senkte den Kopf, bedeckte ihr Junges mit einer Pfote. Der Lieferwagen fegte hoch über sie hinweg wie der Wind. Reglos zwischen Rad und Rad machte sie ihr Leben demütig kleiner und rettete es.

An einem Sonntagmorgen tauchte hinter der kleinen Stimme von Giorgio, die in das Metall der Sprechanlage sagte »Da bin ich, Papa«, die von Sofia auf.

»Ich möchte mit dir reden, Cesare.«

»Warum?«

»Ich möchte mit dir reden«, wiederholte sie, die Frau von der Straße.

Man hörte Autos vorbeifahren, noch weiter hinten, im spärlicheren Sonntagsverkehr.

»Worüber?«

»Über uns beide, über Giorgio. Über alles Mögliche.«

»Der Zeitpunkt dafür ist verpaßt, Sofia.«

»Wer spricht da?« unterbrach sie in der Gegensprechanlage barsch die Stimme eines anderen Hausbewohners.

»Gar nichts, ich bin es, die Signora Sofia.«

»Tut mir leid, aber ich mach nicht auf. Am Sonntag mach ich niemandem auf. Die haben schon ein paar Mal eingebrochen.«

»Sofia, es ist besser, wenn du gehst.«

»Wann kommst du runter, Papa?«

»Wer spricht denn da? Wen suchen Sie denn?«

»Cesare, ich glaube, wir könnten einander immer noch verstehen, Hauptsache, wir bleiben ruhig dabei, setzen uns an einem Tisch zusammen und sprechen uns aus.«

»Ich muß weiterkommen, Sofia. Ich kann nicht ruhig bleiben.«

»Heute gehen wir in den Zoo, nicht wahr, Papa?«

»Halt den Mund, Giorgio, laß jetzt mich mit dem Papa sprechen, ich bitte dich darum.«

Jetzt hörte man in der Gegensprechanlage Weinen, und mitten durch dieses Schluchzen fuhren wieder ein paar Autos, hupten.

»Cesare, nicht so. Ich fühl mich elend.«

»Wenn's ein Paket ist, dann stellen Sie's neben der Tür ab, wenn's ein Brief ist, werfen Sie ihn getrost in den Postschlitz.«

»Geh fort, Sofia, es ist besser so.«

»Versuchen wir es doch noch einmal, wir wissen nichts voneinander, wir können nochmal ganz von vorn beginnen, wenn wir nur wollen, wir wissen nichts.«

»Mit uns beiden ist es aus, Sofia.«

»Macht, daß ihr abhaut, Zigeuner, oder ich ruf die Polizei.«

»Komm runter, Papa, mach schnell, es ist ein schöner Tag für den Zoo.«

»Laß es uns versuchen, Cesare, allein tun wir uns noch mal so schwer, da gehen wir unter.«

»Nein, Sofia, ich kann nicht mehr auf dich und auf mich aufpassen.«

»Ich schütte kochendes Wasser auf euch runter, Gesindel.«

»Na, dann addio, Cesare. Und viel Glück, allen Ernstes, ich wünsch dir viel Glück.« Und, ein paar Sekunden später, nach dem fünfzehnten Aufjaulen eines kaputten Auspuffs, fügte die dünne Stimme von Sofia hinzu: »Krepier doch.«

Cesare traf die Ziege auf der Appia antica, an einem wolkenreichen Morgen. Betta schien auf ihn zu warten, weil sie gleich auf ihn zukam und ihm die Hand leckte. In die Acquacetosa konnte Cesare nicht mehr gehen, schade. Es hatte ihm viel Spaß gemacht, auf dieser Außenbahn zu laufen, im Herbst die Kastanien zu zertreten, die von den Bäumen gefallen waren, und im Frühling durch den schneeigen Blütenstaub zu tauchen, der in halber Höhe über der Erde schwebte. Es hatte ihm Spaß gemacht, sich nach dem Laufen auf die Stufen zu setzen und den Schweiß zu spüren, der ihm in gleichmäßigen Abständen von der Stirn zwischen die Beine tropfte, den Burschen auf der Rennbahn zuzuschauen, die für künftige Wettläufe trainierten. Da gab es immer einen, der lief, auch am Sonntag, wenn die Anlage geschlossen war. Dann sprangen sie über die Mauer, zogen sich an den Randstreifen um und liefen.

Auch in der Nacht, um drei, vier Uhr morgens, wie in jenen Fabriken, die die Produktion verlangsamen, aber nie ganz stillstehen, nicht einmal am Morgen vor Ferragosto. »Wenn ich müde bin und auf den Stufen raste, wer ist es dann, der läuft?« dachte Cesare auf einmal, und in ihm gab eine Stimme die Antwort: »Das bist immer du, das ist die Unrast.«

Eines Tages, als er die verlassenen Umkleidekabinen betrat, nahm er das Taschentuch aus der aufgehängten Hose, dann fuhr er mit der Hand in die andere Tasche, wo einige Münzen und eine Schachtel Lakritzen gestrandet waren, dann griff er instinktiv in die Taschen einer daneben hängenden, unbekannten Jacke, in der er sofort eine Schachtel Zigaretten und kalte Schlüssel ausnahm. Wie die blinden Mäuler von Maulwürfen drangen die Hände in all diese dunklen Öffnungen, durchliefen ganze Tunnels in diesen Regenhäuten und Mänteln, beschnupperten Feuerzeuge, Briefe, Schnüre, Knöpfe, Banknoten, Erde, Löcher, Pfefferminzbonbons, Amulette. »Jede Tasche ist fremd wie eine Frau«, dachte er, »und alle ähneln einander ein wenig.«

»Was machst du da?« fragte brutal ein Kerl, der auf leisen Sohlen dahergekommen war und nun, in einem Meter Entfernung, vor ihm stand.

»Nichts«, antwortete Cesare.

»Du stiehlst doch.«

»Das ist nicht wahr.«

»Und was ist es dann?«

Der Kerl wartete einen Moment, vielleicht, um Cesare die Möglichkeit zu geben, sich eine Erklärung einfallen zu lassen: aber nicht einmal sich selbst wußte Cesare das zu erklären. Ich wollte nur die Hände in all diese Taschen stecken. Ich möchte mich selbst in jede Tasche stecken, das war es, was er hätte antworten können, aber das erklärte gar nichts. Der Bursch verließ also den Umkleideraum, und Cesare hörte ihn unter der Glyzinie schreien: »Kommt alle her, da ist einer, der was aus unseren Mänteln klaut.«

Das erste, was Cesare in den Sinn kam, war: Ich habe euch allen mein Handtuch geliehen, so könnt ihr nicht mit mir umgehen. Das zweite: Jetzt wird die Polizei kommen und mich mitnehmen.

Sie betraten den Umkleideraum zu vierzig, alle mit dem gleichen Gesicht. Ihre Muskeln bebten vor Wut und aus guten Gründen. Cesare hatte sich auf die Bank gesetzt, unter seinem Hemd, über seinen Schuhen. Jetzt wird die Polizei kommen und mich mitnehmen, sie werden mich in ein Zimmer mit heruntergezogenen Rolläden und einer starken Lampe bringen, werden mir eiskalt eine aufs Maul haun, und ich werde das Blut im Mund spüren. Und tausendmal hintereinander werden sie mich fragen: Was hast du der Hure getan, der Cleopatra?

»Warum hast du aus unseren Mänteln geklaut?« fragte ihn der erste Jugendliche, vor diesem Schwurgericht, diesem Exekutionskommando.

Ohne auch nur einmal aufzublicken, begann Cesare seine Kleider in den Seesack zu stopfen. Einer haute ihm eine herunter, sagte »Arschloch, wo willst du jetzt hin, du Schwanz?« Cesare taumelte einen Augenblick und machte dann weiter. Ein anderer sagte »Dieb, Hurensohn, Dieb« und fuchtelte ihm mit furchteinflößender Faust vor der Nase herum. Cesare konnte die schwarzbehaarten Fingerknöchel sehen. Einer spuckte ihm feuchtwarm in die Haare, nah beim Ohr. Der Abdruck einer schlammverkrusteten Fußsohle zeichnete sich an seinem Knöchel ab. Obwohl er die

Augen gesenkt hielt, konnte Cesare unklar den Dampf erkennen, der von all diesen feisten und feuchten Schultern, gleich Rinderhälften, aufstieg. Goldene Kettchen und goldene Zähne und goldene Ringe funkelten wie Fleischerhaken. »Ich würde so einen wie den da glatt erschlagen, ihm alle Knochen im Leib zerbrechen. Wo willst du jetzt hin, du Schwanz?« Cesare zog den Reißverschluß an seinem Seesack zu. Alles war in Ordnung.

»Auf Wiedersehen und Entschuldigung.« Ich habe Cleopatra nichts getan, dachte er, und im Grunde sind eure Taschen ganz genauso wie die meinen.

»Wenn du dich hier noch einmal blicken läßt, dann verbrennen wir dir die Füße, schäbiger Dieb.«

Auf der Straße mußte Cesare plötzlich an Pinocchio mit den verkohlten Füßen denken, und noch einen so weiten Weg vor sich. Er blickte auf seine Füße, die ihn fort, weit fort, trugen, und beinahe lächelte er.

»Neunzig Zigaretten pro Tag, Ehrenwort«, sagte der Mann mit der rauhen, melancholischen Stimme, hier, auf der Autobahn.

»Ich bin auch schon auf hundertzehn gekommen, an manchen Sonntagen.«

»Und Sie und Ihre Ziege, warum lauft ihr?«

»Halt so«, antwortete Cesare, und vielleicht genügte diese Antwort ja auch. »Weil es uns Spaß macht«, fügte er sicherheitshalber hinzu.

Man sollte höflich sein, für jeden ein Wort haben, der es wünscht, das ist so üblich, denn wenn man läuft, dann sitzen doch alle im selben Boot, voll mit Wasser.

»Verstehen Sie, ich und meine Schwester, wir sehen uns jeden Nachmittag um fünf, und für ein paar Stunden laufen wir schön gemütlich durch den Park. Das macht zwei Stunden weniger rauchen. Dann kommt die Dusche, unter der Dusche kann man nicht rauchen. Ich wasche mich ganz gründlich, und das macht dann noch einmal eine halbe Stunde.«

»Von hundert bin ich auf sechzig heruntergekommen«, hustet die Frau. »Wenn ich laufe, zünde ich mir höchstens mal eine an. Drei Züge, und dann schmeiß ich sie weg.«

»Wir müssen mehr laufen, noch mehr Zeit dafür aufbringen, um noch weniger zu rauchen. Drosseln, drosseln.«

»Und dann, eines Tages, aufhören«, wünscht sich die Schwester.

Cesare vergegenwärtigt sich nun die Herzfrequenzen von Coppi, von Zatopek der Lokomotive, von Shane Gould. Die hat, ein paar Nummern zuvor, die Fachzeitung gebracht. Vierzig, fünfunddreißig Schläge in der Minute, und das bei voller Belastung. Man erzählt, daß ein Läufer aus Mali, ein wenig bekannter Marathonläufer, einen Puls von zwanzig Schlägen in der Minute hatte. Pumm, drei Sekunden nichts, pumm. Und doch kann auch der Dilettant seine Herzschläge herabsetzen, durch Training, durch Erweitern der Lungenkapazität und durch Abhärtung. Das versichert zumindest der Arzt in der Zeitschrift, in seiner Rubrik. Aber Cesare hämmert das Herz oft wie ein Tippfräulein. Wenn er läuft, dann spürt er es in den Ohren, in der Kehle, ja sogar in den Augen. Wenn er läuft, und manchesmal auch, wenn er still dasitzt und träumt.

»Drosseln, drosseln«, insistiert die rauhe Stimme.

»Und dann aufhören.«

Der Zoo ist zu groß, oder vielleicht kommt einem das nur so vor, weil nie jemand dort ist. Auch die Käfige sind zum Großteil leer, und alle starren sie vor Schmutz. Mit der Zeit sind viele Tiere verendet und nicht wieder ersetzt worden. Und überhaupt, wer weiß denn schon, was ein Orang oder ein Elefant kostet, wieviel man einem Wärter bezahlt. Cesare und Giorgio schlenderten ziel- und planlos auf den besonnten asphaltierten Wegen dahin, dann und wann blieben sie stehen, um ein kleines Schild an einem Gehege zu lesen: da stand dann der lateinische Name des Tieres, der Kontinent, von dem es herstammte, was es fraß, wie schnell es zu flüchten vermochte, das Tier selbst aber bekam man kaum jemals zu Gesicht oder gerade nur, wenn es verängstigt aus einem Unterschlupf hervoräugte. Bisweilen stieg ein gräßliches Klagelied in die Luft, der Schrei eines nicht näher zu bestimmenden Tieres. Nur das Reptilienhaus war ordentlich gehalten. Wie Gürtel oder Taschen lagen die Schlangen in der Reihe der erleuchteten Terrarien zur Schau. Eine abstoßende Kreatur, zusammengesetzt aus Schuppen, Kämmen und Rillen, schlug mit dem dreieckigen Kopf gegen das Glas, erwiderte den Blick von Cesare und Giorgio. Wie ein lebender Stein schlug es gegen das Glas.

»Was will es denn?«

»Ich weiß es nicht, Giorgio.«

Sie landeten im Zoomuseum. Am Eingang, hinter einem Nichts von Tisch sitzend, erstellte ein Mann mit Mädchenhänden und einem gutgespitzten Bleistift auf einem karierten Stück Papier ein Schema für ein Kreuzworträtsel. Er hatte wenig Haare, und die sorgfältig nach hinten gekämmt.

»Muß man hier nochmal Eintritt zahlen?«, fragte Cesare.

Der Mann hob das spitze Gesicht und schüttelte es verneinend, ganz bedächtig. »Guten Morgen«, sagte er statt dessen, und setzte eine leichte Brille auf.

Hinter seinem Rücken eröffneten sich die schweigenden Säle der ornithologischen Sammlung Arrigoni degli Oddi, Tausende ausgestopfter Vögel in lebendigen Posen, mit ausgebreiteten Flügeln, an ihre abgestorbenen kleinen Äste geklammert, die Augen aufgerissen: Wasserpieper, Schafstelzen, Kohlmeisen, Königsadler, Ammern schienen für ewig zum Flug bereit, gerade dabei, sich von den hölzernen Gestellen abzustoßen, auf denen sie saßen. Er war wie im Krampf erstarrt, dieser Saal.

»Schau, da ist ein Nest«, sagte Giorgio und zeigte auf vier aufgesperrte Schnäbel in einer Mulde aus Astwerk und Lehm. Die warteten für immer auf einen Wurm.

In einem anderen Saal sah man hinter Glas Tiger und Panther, einen Gorilla aus dem Gebiet von Zouanké, ein Junges zwischen den Pranken, »Eigentum Familie Rossi«; in wieder anderen Räumen Lepidopteren und Koleopteren, wie Knöpfe in gläsernen Schaukästen ausgelegt. Alles stand starr an seinem Platz. »Eins, zwei, drei, rühr dich nicht, sonst ist's vorbei«, dachte Cesare und drehte sich blitzschnell um. Alles stand an seinem Platz, nichts hatte sich bewegt.

»Das ist alles sehr friedlich hier, nicht wahr?« sagte der Wärter am Ausgang.

»Was tun Sie da?« fragte Cesare und wies auf das karierte Stück Papier, das der Mann vor sich liegen hatte.

»Ich kreuze meine Worte, die Dinge.«

»Und wie geht das?«

»Vier waagrecht: ›Heute morgen traf ich‹ – Die Antwortet lautet: ›Herrn Alpestri‹. Ich bin ihm heute auf der Treppe begegnet, mit der Milchflasche in der Hand und in den neuen Schuhen. Vier senkrecht: ›Der Himmel heute.‹ Und ich schreibe: ›Weit, himmelblau‹, dabei hänge ich mich an Alpestri an. Alles überkreuzt sich, findet sich wieder. Jetzt füge ich auch Sie und Ihren Sohn ein. Einundzwanzig senkrecht: ›Einzige Besucher‹. Antwort: ›Zwei Verirrte.‹ Alles erklärt alles, die Welt ist ein Zopf, die Buchstaben gehören allen, und so verstreicht die Zeit gelassen.«

»Und weshalb sollte die Zeit gelassen verstreichen?« warf Cesare augenblicklich ein und fügte hinzu, auch wenn das nicht viel damit zu tun hatte: »Sobald ich mich setze, fühle ich, wie sich mir sofort etwas Schwarzes an die Seite setzt. Dann muß ich aufstehen und gehen.«

»Gehen wir jetzt, Papa?« Sofort ergriff Giorgio die Gelegenheit beim Schopf.

»Einen Augenblick noch.« Und noch etwas fragte er den Wärter. »Sie würden nicht jeden Morgen die Arbeit wechseln wollen, das Leben, die Gewohnheiten? Und wie ist Ihr Name?«

»Ich fühle mich hier wohl, und ich könnte mich auch verändern, aber das würde für mich nicht viel Unterschied machen. Hier hab ich es doch gut, ich staube die Vögel ab und den Tiger, ich schreibe, ich heiße Germano.«

Giorgio zog den Vater am Arm, sagte »Schluß jetzt mit dem Zoo«.

»Auf Wiedersehen«, sagte nun Cesare.

»Auf Wiedersehen«, lächelte Germano, und aus einer Tasche seiner Uniform tauchte ein viermal zusammengefaltetes Stückchen Papier in seinen weißen mädchenhaften Händen auf. »Nehmen Sie diese kleine Geschichte und lesen Sie sie, wenn Sie Zeit dazu haben. Ich habe sie mir so zwischendurch, so zwischen diesem und jenem, zwischen mir und mir, ausgedacht. Zehn Jahre habe ich darüber nachgedacht, gestern bin ich fertig damit geworden, und vor einer Stunde habe ich sie in einer Minute aufgeschrieben.«

Und einen Augenblick später fand Cesare diese Geschichte aus Papier wieder, in der verwirrten Hand, tief in der Hosentasche.

Seit ihm niemand mehr Hemden, Unterhemden und Unterhosen wäscht, leert Cesare den Inhalt des Seesacks auf den Boden der Wohnung, macht das Fenster auf und wartet darauf, daß die schmutzige Wäsche im Luftzug trocknet. Nach dem dritten Mal Trainieren wirft er sie auf den Müll und kauft sich alles neu. Das ist der einzige Luxus, den er sich gönnt. Aber seit ihm die Acquacetosa und ihre Umkleideräume verboten sind, rennt er bereits in Trainingskleidung aus dem Haus. Seine Rennstrecke war nun der Gehsteig der Tuscolana, gezähnt von den Schnauzen der geparkten Autos, schmierig von der Menge, die darüber hintreibt und sich begafft, markiert von Hundescheiße und von den kleinen Bäumchen, die da hineingepflanzt sind wie die Haarbüschel in die Kopfhaut der Kahlen. Cesare stieß immer wieder gegen eine Schulter, eine Tasche, ein Kind, was ihm das Gelächter der Verkäuferinnen und jede Form von Verwünschung eintrug. Eines Morgens zum Beispiel hat ihm eine elegante Dame nachgerufen: der Krebs soll dich überall treffen. Ein anderes Mal ist Cesare mit dem Fuß im Hut eines Bettlers hängengeblieben und der Länge nach in seine Münzen gestürzt. Auf der Höhe von Cinecittà bog er gegen Capannelle zu ab, streifte Ruinen, zart wie Spitzen, kleine Herden und geduldige Huren, Vorstadtwerkstätten, Haufen von Abfall, Gärten und Baracken, endlich gelangte er über den Anulare hinaus und landete im würdigen Engpaß der Appia antica. Auf deren unebenen Steinplatten schien es sich besser zu laufen, auch wenn man sich dabei bei jedem Meter den Knöchel verstauchen kann. Er hatte das Gefühl, am richtigen Ort zu leiden. Ja und im übrigen, war das nicht auf jener Straße gewesen, wo zu hunderten Malen, ohne je zu begreifen, weshalb, die römischen Soldaten ausgezogen und wieder zurückgekehrt sind? Sie zogen aus, die Welt zu vergrößern, und kehrten jedesmal von noch viel weiter her zurück, mit silbernen Kisten und Gefangenen, die viel größer waren als sie, vielleicht auch viel schöner und klüger: so dachte Cesare, wobei er versuchte, den Rhythmus seiner Schritte gleichmäßig zu halten, ja sogar ihn zu beschleunigen. Nach Rom brachten sie sie, nach Hause. Und wer weiß, was sie auf diesem Weg miteinander sprachen. Wie alt bist du, Barbar, wie viele Frauen hast du, und wie zählt ihr die Jahre und die Frauen, worauf hast du bis gestern deine Hoffnungen gesetzt, und was, Barbar, hast du von mir gewußt? Hast du Angst davor, zu sterben, oder macht dir das gar nichts aus? Bist du etwa müde, bist du verzweifelt über die Ketten, die ich dir angelegt habe? Und wer, meinst du, bin ich?

Und auf der Höhe des Grabmals der Cecilia Metella war es, daß Cesare die Ziege traf. Sie war an ihn herangekommen und hatte ihm die Hand geleckt, war dann eine Weile neben ihm hergetrottet und dann ein Stück vor ihm, hat dann auf ihn gewartet und ist mit ihm fortgegangen. Cesare dachte an ein Tier, das seine Herde verloren hat, an einen Hund, der es sucht, an einen Hirten, an den schwarzen Wolf, an alte Fabeln. Er hat ihr ein paar Tritte in die Rippen verpaßt, um sie in die Felder zurückzutreiben; sie hat sie alle eingesteckt, wich aber trotzig nicht von seiner Seite.

»Hau ab, Betta«, sagte Cesare, und damit hatte er sie getauft.

Betta folgte ihm bis vor sein Haus. Die Verkäuferinnen auf der Tuscolana kicherten noch mehr als sonst, die Kinder wichen erschrocken vor den kleinen Hörnern zurück. Vor dem Haus versetzte er ihr zum Abschied einen allerletzten Fußtritt und rannte hinein, wobei er darauf achtete, daß sie sich nicht zwischen den Türflügeln mit hineindrängte. Vom ersten Stiegenabsatz aus sah er sie hinter den Glaswänden und dem gelbeloxierten Aluminiumgestänge stehen: bereits treu ergeben.

Für dieses Unterleibchen und diese Unterhose war das die dritte Appia antica. Cesare zog beide aus und warf sie in den Müll. Und nackt schlief er ein, in der Küche sitzend, vor dem offenen Schlund des Abfalleimers. Er träumte, allein in der Mitte des Kolosseums zu stehen und den Mond zu betrachten, der sich langsam, ganz sachte, vom Himmel herabsenkte. »Er kommt immer näher, er wird immer römischer«, murmelte Cesare, und endlich sah er ihn sich auf der letzten Stufenreihe niederlassen, wie auf einem Piedestal. In der Arena verschwand jedes Licht.

Um drei Uhr morgens hörte Cesare es wie rasend gegen seine Wohnungstür hämmern. Jetzt sind sie da, mich zu holen, dachte er, sie haben mich entdeckt. Sie haben mich aufgespürt. Sie sind bis zu mir heraufgestiegen, es hat eine Nummer genügt, die Spur eines Gedankens. Ich habe nichts getan, ich verabscheue die Polizei, ich verabscheue meine Begierden.

Er öffnete die Tür, und Betta trat herein. Sie legte sich neben das Bett, ganz zahm und unerbittlich.

Hundert Meter vor der Raststätte über der Autobahn hebt Cesare suchend den Blick zu den Leuten empor, die an den Tischchen in der ersten Reihe essen und trinken und gelassen über dem Schauspiel der zwanzig

Kilometer schweben. Er verlangsamt seine Schritte und stellt sich Cleopatra und Germano vor, wie sie nebeneinander sitzen, auf ihn zeigen, ihm einen Kuß schicken. Er stellt sie sich als Freunde vor.

Betta zieht an, zerrt heftig an seinem Zögern, und gleich wird er wieder schneller. Mehr als hundert Mal hat Cesare die erste kleine Geschichte von Germano gelesen, er weiß sie auswendig, und nun wiederholt er sie sich zwischen einem Atemzug und dem nächsten, während es gewiß weiterregnet, aber mehr dort drüben, wo sich die Blitze gelb am Himmel verzweigen. Die Zeitschrift rät es in jeder Nummer: Du mußt deine Gedanken auf etwas anderes richten, sie von den verkrampften Muskeln und den Blasen an den Fußsohlen ablenken.

Sie geht so, die kleine Geschichte von Germano, dem Wärter:

Der Mann, der verliert, will abermals die Würfel werfen, obwohl er wenig oder nichts zu verspielen hat: kein Geld mehr und kein Haus – und eine Frau hat er nicht.

»Die Kleider ...«

»Und was tu ich damit? Du bist halb so dick wie ich«, weist ihn der zurück, der gewinnt.

»Was würdest du denn wollen?«

»Ich weiß nicht, was dir noch geblieben ist, was soll ich also sagen?«

Der, der alles verloren hat, möchte wissen, wie spät es ist, aber an seinem Handgelenk ist bloß noch der Streifen ohne Sonnenbräune. Es muß aber doch spät sein; der Kopf wiegt ihm so schwer, als läge ein totes Pferd unter der Schädeldecke, das er bald ins Bett wird schleppen müssen, ihm die aufgerissenen Augen zuzudrücken. Und doch war er zu Beginn ein gespitzter

Affe, hatte versucht, alles genau zu überlegen, wie nie zuvor in seinem Leben, sich vorzusehen …

»Ich kann um die Kleider spielen«, wiederholt er.

»Also jetzt bist du aber wirklich albern.«

»Entschuldige.

Wo soll ich morgen mein Haupt hinbetten, ich, der ich alles verloren habe, wo soll ich mich verstecken …« Und nun, einfach so, unversehens, drängt sich ihm der Satz auf: »Ich spiele um das Geheimnis.«

»Welches Geheimnis?«

»Also das werde ich dir jetzt gewiß nicht verraten.«

»Aber worum geht es denn dabei?«

»Setze, gewinne, und du wirst es erfahren.«

»Mir ist dein Geheimnis vollkommen gleichgültig.«

»Bist du sicher?«

Der, der gewinnt, kratzt sich am Kopf, raucht sich eine Zigarette an, zwei Züge, und dann drückt er sie auf dem Teller aus.

»Ist es ein schönes Geheimnis?«

»Ich sage dir nichts. Gar nichts.«

»Und wenn es am Ende nur ein Witz ist?«

»Es ist kein Witz, es ist ein Geheimnis.«

Über das runde Gesicht des Mannes, der gewinnt, ist ganz genau das Gesicht jenes Kindes wieder aufgestiegen, das er einmal war: kurze Nase, funkelnde Augen, geblähte Backen und ein Mund voll von verächtlichem Schnauben.

»Wenn es mir nicht gefällt, hau ich dir den Schädel ein. Vielleicht bring ich dich um.«

»Weshalb? Wenn du nicht willst, mußt du ja nicht spielen. Du hast schon das Geld und das Haus, den Wagen. Hör doch auf.«

Und unterdessen, in den Eingeweiden des toten Pferdes, versucht er fieberhaft nachzudenken: Welches

Geheimnis kann ich ihm anbieten? Was für eins? Woher nehmen, wo doch mein Leben einfach weiß und schwarz ist, Tage zum Schlafen und Nächte zum Vergeuden?

»Ich kann nicht glauben, daß einer wie du ein Geheimnis hat. Du bist doch ein Abschaum von Mensch, du hast ja nicht mal Nägel, dich zu kratzen.«

»Also Schluß, aus, lassen wir es dabei bewenden.«

Aber der, der gewinnt, erhebt sich nicht, sein Knie wippt bloß gegen das Tischbein. Er fixiert den, der verliert.

Und der, der verliert, sucht inzwischen nach dem Geheimnis, nach dem engen Winkel, aus dem heraus er alle seine Stunden bis zu dieser hier wieder überblicken kann. Die liegen alle durcheinander, diese Stunden, wie in einem drangvoll angefüllten Darm.

»Und nachher, wenn ich siege, gehört dein Geheimnis mir, und du hast es nicht mehr.«

»Du verlangst zu viel. Es ist ein Geheimnis, das uns beiden gehören wird, wenn du siegst.«

»Also gut. Nimm die Würfel und wirf.«

Der, der verliert, will nicht gleich so hoch setzen, oder vielleicht doch, aber er hat Angst. Die Würfel wiegen schwer wie die Hufe des toten Pferdes, sie klirren trostlos gegeneinander – »Nur ein Wurf?«

»Nur ein Wurf. Wer mehr würfelt. Im übrigen scheint dir die schwarze Sonne heute nacht, du hast schon verloren. Ich kenne dich.«

»Also dann würfle zuerst du.«

»Zitterst du?«

»Zuerst du. Tu mir den Gefallen.«

Der, der gewinnt, umklammert die beiden Würfel, schüttelt sie und wirft sie mit einem einzigen Schwung aus: Fünf und fünf.

»Fünf und fünf macht zehn. Ich bin gut.«

»Aber worum hast du denn gespielt?«

»Um all das, was ich dir abgewonnen habe, Geld, Haus, den ganzen Plunder, der dir gehört hat. Ich habe zehn geworfen, ich bin gut. Sobald wir deinen kümmerlichen Treffer vor uns haben, mußt du mir sofort das Geheimnis verraten, ohne auch nur eine Sekunde zu zögern, oder ich bring dich um.«

Der, der wieder verliert, läßt in seiner Faust diese beiden dunklen Dinger kreisen. Er hat zehn geworfen. Ich muß ein Geheimnis finden. Einen engen Winkel, einen vergrabenen Schatz, eine Wahrheit. Rasch, augenblicklich.

Die Würfel kollern auf den grünen Filz, kollern langsamer, der erste bleibt liegen: es ist eine Fünf. Der andere kollert weiter, fällt um, bleibt liegen. Es ist eine Sechs.

»Elf. Diesmal habe ich gewonnen. Schau selbst.«

»Elf. Widerwärtig.«

»Ich nehme mir alles wieder zurück und behalte mein Geheimnis.«

»So nimm's dir doch, steh auf und hau ab damit.«

Und während dieser Mann sich erhebt und in seine Jacke fährt, während er den Knoten seiner Krawatte fester bindet und sich rasch empfiehlt und durch die Tür hinausgeht und die Treppen hinunter und auf die Straße hinaus – und die Jahre hindurch, in den Bars, in den Betten und immer, bis genau eine Sekunde vor seinem Tod, immer hat er voll Bitternis, mit einem Stich von hochmütigem Schmerz in der Brust, gedacht: Ich habe ein Geheimnis, und kenne es noch nicht.

»Die Linie, man muß der schwarzen Linie auf dem Grund des Schwimmbeckens folgen, immer nur an sie denken.« Das war der Rat, den ein berühmter und kahlköpfiger Schwimmer den Marathonläufern gegeben hatte, der von der Zeitschrift »Einen Schritt voraus« interviewt worden war. »Aber nicht immer gibt es diese Linie auf der Straße«, warf der Interviewer ein: »denn das Schwimmbecken mit dem durchsichtigen Wasser ist eine Sache, die Straße aber ist eine andere.« – »Die Linie«, wiederholte der Schwimmer, »man muß ganz einfach immer an die ununterbrochene Linie denken, die unten entlangläuft. Der Rest ist Ablenkung, verklebt das Hirn und die Muskeln, macht schwer: der Rest läßt die Krämpfe stärker werden.« – »Und mit der richtigen Musik in den Ohren laufen?« insistierte der Interviewer, »kann das von der Anstrengung ablenken, die Aufgabe irgendwie erleichtern?« – »Ausgeschlossen, nie und nimmer. Die Linie und damit Schluß. Erde, Wasser oder Himmel, das ist das gleiche. Jeder Mensch, der sich anstrengt, müßte sich an das Lied halten, in dem es heißt: Der Flieger nimmt nie schwere Gedanken mit, die wären allein schon eine Fracht zuviel.«

Die ist interessant, die Lektüre von »Einen Schritt voraus«, man lernt eine Menge nützlicher Dinge. Da gibt es strenge Beurteilungen von Laufschuhen, es werden Überprüfungen angestellt, ob ihre Entlüftung gut funktioniert, aus wie vielen Schichten das Oberleder besteht, wie sie auf hartes Gelände und wie auf nasses reagieren, wie die Schnürsenkel beschaffen sind. Da gibt es Ernährungsvorschläge, Trainingstabellen, tiefgründige Reflexionen über das Sexualleben des Sportlers und über das Leben im allgemeinen, schöne Fotos von äthiopischen und mexikanischen Hochebenen, wo man Sommerkurse besuchen kann.

Cesare hat die Zeitschrift immer andachtsvoll studiert, mit der Feder Sätze unterstrichen, bereit, jeden

Rat auswendig zu lernen, aber jetzt, hier, im Dunkel auf der Autostrada del Sole, erinnert er sich an fast nichts mehr. Die schwarze Linie, das allein wüßte er aufzusagen, wenn ihm der Direktor erschiene. Die Linie unter der Straße und zwischen den Muttermalen. Bei den Trainingsläufen ist Cesare nie über fünfundzwanzig Kilometer hinausgekommen, er weiß nicht, was nachher passiert. In Wirklichkeit ist er einmal dreißig gelaufen, aber in zwei Abschnitten, eine Hälfte am Morgen und die andere in tiefer Nacht, weil Betta nochmals nach draußen verlangt hatte, mit dem Huf vor der Tür scharrte, hartnäckig meckerte. Cesare lag schon im Bett, wie einer, der sein Tagwerk vollendet hat und schlafen kann; und er konnte nicht schlafen, der Huf dröhnte auf der steinernen Diele, und während des Tages war nichts zu Ende gebracht worden.

»Brav sein, Betta«, befahl er vom Bett aus, als wäre die Ziege ein abgerichteter Hund.

Sie hörte nicht auf, mit fordernder, scharfer Stimme zu meckern. »So gib doch Frieden, wenn du Hunger hast, hol dir halt was aus deinen Schüsseln in der Küche.« Die füllte er ihr jeden Tag mit Rübenkohl, Wirsing-, Spinat- und Salatblättern. Betta fraß am liebsten Hackfleisch.

Cesare drehte die Nachttischlampe an: sie stand schon da, das ganze Maul rötlich im gelben Lichtkegel, die Nüstern breit, die Augen geweitet und auf ihn gerichtet, so als würden sie ihn auch im Dunkel wiedererkennen.

»Ich will jetzt schlafen.«

Betta stank stärker als gewöhnlich, vielleicht weil der Atem aus ihrem Maul aus- und einfuhr wie bei einem Blasebalg, alles rundum verpestend. Sie sprang mit den Vorderläufen auf das Bett und zerrte Bettuch und Decken herunter. Sie leckte Cesares Gesicht mit rauher Zunge, rieb ihre Stirn an der seinen.

»Vielleicht hast du recht, ich hab nicht zu schlafen. Also los, laß uns fortlaufen.«

Er fuhr in seine Schuhe mit dem perfekten Oberleder, in das blaue Leibchen, in die kurzen Hosen, enganliegend wie bei den Radrennfahrern, um die Hüften schön warm zu halten. In ihm klopfte das Herz, als sei es ein Schwanenei, das daran ist, aufzuspringen, auf der Appia antica oder ein wenig darüber hinaus.

Dreißig Kilometer, an diesem Tag und in dieser Nacht.

Aber man sagt, daß sich die Gedanken erst nach dreißig Kilometern endgültig auflösen, das Brot wieder zu Wasser und Mehl wird, das Mehl Feld, das Feld Staub und Regen, und daß vielleicht der Mann, der keuchend aus Marathon in Athen eintraf, bevor er starb, nur einen Traum erzählt hat.

Auf dem kleinen Parkstreifen nach dem Autogrill Pavesi ruhen zufrieden jene aus, für die der Lauf nach den zwanzig Kilometern zu Ende ist. Einige küssen die Erinnerungsmedaillen mit der Aufschrift »Zu zweit für die Welt«, und in Bademäntel aus Frottee oder in eine Wolldecke gehüllt steigen sie in die Wagen zu den Freunden, die sie nach Hause zurückbringen. Cesare und Betta werden kurz langsamer, um sich zwei überreife Bananen von der Verpflegungsausgabe der Rennleitung zu nehmen. Es gibt einen ganzen Tisch davon, alles gelb.

»Fünf Minuten pro Kilometer«, frohlockt ein Mann neben ihnen und klatscht vor Zufriedenheit in die Hände.

»Sechseinhalb Minuten«, verbessert ihn der um vieles jüngere Partner.

»Fünf Minuten pro Kilometer, du bist ein solches Vieh, daß du nicht mal eine Division zustande bringst.«

»Sechseinhalb Minuten, beinahe sieben. Wenn du betrügen willst, dann tu es ruhig, aber es sind mehr als sechseinhalb Minuten. Kontrollier's doch auf meiner Schweizer Stoppuhr. So trau dich doch, kontrollier's auf meiner Schweizer Stoppuhr.«

»Sag mal, mit wem bist du eigentlich gelaufen?«

»Mit dir.«

»Und deshalb wirst du jetzt akzeptieren, was ich sage, du Vieh, weil es das ist, was ich allen erzählen werde. Ich war noch nie so schnell, und ich hätte ja noch einiges zulegen können, wärst da nicht du als Klotz am Bein gewesen! Versuch bloß nicht, mich als Lügner hinzustellen, klar?«

»Du bist ein Dieb. Du stiehlst sogar Zeit. Sogar in der Kirche würdest du klauen.«

»Und du bist ein kleiner Pfaffe. Schlimmer noch, du bist ein Wurm.«

»Du tust mir leid, das ist es.«

»Schäm dich.«

»Für dich schäme ich mich, Vater.«

Cesare und Betta gehen wieder auf die Autobahn. Auch wenn die nur ein verlorener Fußpfad zwischen Schilf und Brombeergesträuch wäre, könnte man sie nicht verfehlen: zu Dutzenden und Aberdutzenden liegen weggeworfene Bananenschalen, die die Rennstrecke anzeigen, auf der Erde. Es sieht so aus, als würden sie auf einem unbewegten Strom treiben. Und tatsächlich rutscht auch schon vor Cesare und Betta, in weniger als fünfzig Meter Entfernung, ein Riesenkerl fluchend auf einer solchen Schale aus: er schlägt heftig mit Kopf und Rücken auf, wie in einem nicht sehr einfallsreichen Comic. Sein Kollege, ein kleines Kerlchen, an einem Handgelenk durch den goldenen Faden an ihn gefesselt, kniet neben ihm nieder. Er hat stark behaarte Arme und Beine, einen Wust von Haaren auf dem Kopf. Als er an den beiden vorüberkommt, blickt Cesare auf die andere Seite, zur Campagna, die dunkel daliegt und jenseits dieser Piste aus Bananenschalen schweigt, jenseits der Leitplanke, verbeult durch jahrelange Unfälle. In der Luft ist nur der kleine Kerl zu hören, der schluchzt und wie ein Äffchen gestikuliert und schreit: »Steh auf, ich fleh dich an, steh auf, nicht so, steh auf.«

Manchmal, während des Trainings, hatte Cesare den Blick vom Boden nach oben gerichtet und das Chaos der weißen Wolken am Himmel betrachtet. Er fand dabei jedesmal irgendeine Ähnlichkeit in diesen formlosen Luftgebilden, stöberte menschliche Profile auf, Umrisse von Ländern, verborgene Tiere. Diese Wolke sieht haargenau so aus wie ein Mann mit einer Pfeife. Und dann beobachtete er, wie die Pfeife aus dem Mund fiel, in Rauch ausfranste, während die Umrisse des Gesichtes des Mannes auseinanderflossen; innerhalb der Gesichtszüge schlug der Wolkendunst Purzelbäume, lockerte die Haut unter dem Kinn, verwischte die Frisur, und dort, wo die Nase gesteckt hatte, war jetzt nur noch ein Loch; wo einmal die Stirn gewesen war, war jetzt gar nichts mehr. Es genügte, aufmerksam hinzusehen, und im Handumdrehn hatte der Mann mit der Pfeife sich in Südamerika verwandelt, breit beim Mato Grosso und spitz gegen Feuerland zu. Dieser fliegende Kontinent war nur von kurzem Bestand, die Länder lösten sich voneinander, seine Flüsse sprengten ihn von innen her auf, das Blau des Himmelsmeers überflutete ihn da und dort. Schau, Betta, jetzt sieht er doch tatsächlich wie eine Ziege aus, da sind ja sogar die Hörner und das Fell, das die Flanken herabfließt, sieben

Läufe. Aber Betta spielte nicht mit. Sie hielt die Schnauze gesenkt und trottete mit sabberndem Maul weiter, wie um zu sagen: Nicht langsamer werden, nicht nachlassen, mir nach. Und doch besänftigte Cesare das Betrachten der Wolken ein ganz klein wenig. »Die haben ihren Spaß miteinander, die haben keine Eile, die schubsen sich herum, ändern unentwegt ihr Aussehen und verlangen nichts, nicht einmal, daß es regnet, sie sind immer weiß ... Aber ich wäre gerne so hoch, sie alle hastig auseinanderzujagen wie ein Wolf, der in eine Herde einbricht.«

Von hier zweigten wieder andere Gedanken ab. Cleopatra kam Cesare in den Sinn, verkehrtherum im Spiegel an der Decke in ihrem Zimmer, weich und schweigsam, auch wenn sie sagte: »Streichle mich, berühre mich, nimm mich.«

»Ich möchte dich nur bewundern und ausruhen.«

»Das ist nicht wahr, du würdest am liebsten alles verschlingen und alles wieder herauskacken, auch mich, ich weiß es, es ist, als ob ich in deinen Gedanken läse. Tu es ruhig, man wird schließlich nicht bestraft dafür: hier herrscht kein Gesetz, nur Begierde. Gestern habe ich unter einem Priester die nackte Muttergottes gemacht, heute morgen die Schwester für einen Alten.«

Cesare blickte auf. Im Spiegel an der Decke öffnete Cleopatra die Schenkel, die Brüste ragten vor wie süße Planeten, und dann verrückte sie ein sanfter Windhauch noch ein wenig, bot einen breiten Rücken dar, milchweiß, und kleine Füße, die auf die Erde herabbaumelten, so als wollten sie in Cesares Augen, in seinen Mund springen. Und Cesare mußte sich die wilde Lust versagen, sie von der Decke herunterzuzerren, diese Wolke aus Fleisch, sie mit Zärtlichkeiten und mit Bissen zu traktieren.

Vielleicht wohnte er jede Woche für eine Stunde in diesem Zimmer, nur um zu begreifen, in welchem Augenblick die Furcht endet und der Verbrecher beginnt; vielleicht, um ihn vor der ersten Liebkosung zurückzureißen.

»Ich bin glücklich, küß mich. Du mußt dich nicht verteidigen, ich mag dich so, wie du bist, gibt mir das, was du hast, dummer Geizkragen.«

»Laß uns ans Meer fahren, das ist besser, wir essen den Fisch mit den Händen, bekleckern uns überall, lassen es uns gut gehen.«

»Was hilft es dir, so zu tun, als ginge es dir gut so vor dem Meer, das hilft dir nichts.«

»Also dann wiederhol mir dieses Gebet über den Park ...«

»Nicht jetzt, nachher. Komm, Liebster ...«

Ein Strohhut, dein Strohhut, kein Strohhut ... Und in Cesares Kopf zerstießen die ausgestopften Vögel aus dem Zoologischen Museum mit Schnabelhieben das Glas der Vitrinen, alle zusammen, zu Tausenden stoben sie auf, unter Flügelschlagen, Gekreisch, machten Schatten mit ihren Leibern ... Und dann was, wie und warum? Cesare will sich nicht einmal an die Flucht fort von Cleopatra zum Ausgang hin erinnern, an die Tür, die sich nicht öffnen ließ, an das heftige Rütteln, an die aufeinanderschlagenden Zähne, an das Blut, das im Hals pochte, an die glühenden Hände, Betta dort drüben, jenseits der Scheibe, die herumsprang, als wäre sie toll geworden ...

»Steh auf, nicht so, laß uns weiterlaufen ...«, schluchzt der Affenmensch in einem fort.

Die Füße wiegen Cesare so schwer wie zwei Knaben, die eingeschlummert sind, und innen unterdrücken sie gleich Träumen die ersten leisen Kräuselungen, das erste hassenswerte Anzeichen der Krämpfe. Man darf nur ja nicht daran denken, muß das Hirn um jeden Preis anderswohin lenken, die Milchsäuren bis in die Gedanken, in die Angst hinein, auftrocknen. Früher hatte Sofia bei einer Tankstelle gearbeitet, an der Cassia. Vom frühen Morgen bis zum Sonnenuntergang, vor vielen Jahren. Sie trug einen nachtblauen Overall, die Haare mit Bindfaden zusammengebunden, Leinenschuhe bis an die Knöchel. Wenn sie sagte: »Wasser, Öl, alles in Ordnung?« dann schien es Cesare, als würde sie fragen: »Das Leben, die Liebe, wie steht's damit?« Und so, auf der Rückfahrt nach Rom, nachdem er die Zeitungsbündel zugestellt hatte, hielt Cesare, ganz verquollen vom Schlaf, oft dort an, um zu tanken und sich jedesmal fragen zu lassen: »Wasser, Öl, wie steht's?«

Deshalb fragte er sie eines frühen Morgens: »Was tust du, wenn du hier fertig bist?«

»Nichts Besonderes«, antwortete Sofia und befreite die Windschutzscheibe von den vielen daran klebenden toten Insekten. Sie fuhr mit einem Wischlappen über die Scheibe, und auch ihre Hüften bewegten sich im Einklang mit dieser runden Geste, auch das Tageslicht, das sich sehnsuchtsgleich dehnte.

Die nächste Frage war: »Willst du mit mir ausgehn?« Sofia ließ vorsichtig den Scheibenwischer zurückklappen, legte den Lappen fort, wischte sich die Hände am Overall ab und sagte: »Ja, ich hab um zwölf Uhr dreißig Pause, und dann, um neunzehn Uhr dreißig, mach ich Feierabend.«

»Essen wir zusammen zu Mittag?« Das Abendessen war ihm viel zu weit weg.

»Einverstanden.«

Cesare war ganz verblüfft, wie glatt alles lief, wie

eins nach dem andren, so ohne Widerstand, sich ineinanderfügte.

»Aber ich will sofort einen Kuß«, verlangte er, unruhiger denn je, gierig. Sofia lehnte sich in die Führerkabine des Lieferwagens, und mit winterkalten Lippen streifte sie die von Cesare, im Winkel.

»Ich will einen richtigen Kuß, einen ordentlichen. Ich will deine Zunge spüren.«

Sie lächelte, sprang auf den Lieferwagen auf und zeigte ihm mit der Hand, wo er ihn abstellen konnte: gerade nur so hinter einem Schuppen aus Glasbeton, allen Blicken entzogen. Und fünf Minuten lang ließ sie sich küssen und streicheln, mürbe wie weicher Sand.

Cesare fuhr weg und kehrte um zwölf Uhr fünfundzwanzig zurück. Da hing auch schon das Schild »Geschlossen« vor der Tankstelle, und Sofia stand mitten auf dem kleinen Platz davor, im blauen Overall, aber das Haar gelöst, in hochhackigen Schuhen. Sie aßen Pasta mit Sauce und Fleisch in einem nahe gelegenen Restaurant und sprachen fast nicht. Cesare fragte, wie viele Wagen pro Tag vorbeikämen, und sie antwortete, das hinge vom Tag ab. Dann erzählte Sofia in groben Zügen von den Monstern in Bomarzo, die sie letzten Sonntag gesehen hatte. »Die sind schaurig und scheußlich, viel größer als wir.« Als Obst gab es nur Bananen, und jeder von ihnen aß zwei. Cesare zahlte alles, weil sich das bei solchen Gelegenheiten so gehört.

»Jetzt müssen wir miteinander schlafen«, sagte Cesare.

»Ja.«

Sie liebten sich hastig im Laderaum des Lieferwagens, zwischen den illustrierten Beilagen der Zeitungen und irgendwelchen Resten von Pornoheften.

Alles das, inklusive Pasta mit Fleisch, wurde drei-

oder viermal wiederholt, auch wenn Cesare die Unzufriedenheit wachsen fühlte. Am letzten Nachmittag, den sie auf solche Weise verbrachten, versetzte Cesare Sofia einen Fausthieb zwischen die nackten Schulterblätter, und sie protestierte nicht. Das war ein weiterer Schritt voran, ein weiterer kleiner Ruck. Als sie das nächste Mal zusammen aßen, fragte Cesare sie, während er Zahnstocher zerbrach, ob sie sich verheiraten wolle.

»Mit wem?«

»Mit mir.«

»Also gut«, antwortete Sofia gelassen, »heiraten wir«.

»Erwachsen genug sind wir ja«, scherzte Cesare und bestellte eine Flasche Frizzante.

»Ja, wir sind schon dabei, alt zu werden.«

Sie heirateten in Sofias Gemeinde, vor einem Mann, der die dreifarbige Binde um den Bauch geschlungen trug. Sie in einem weißen und türkisen Kostüm, Cesare in einem grauen Anzug, an dem noch die Taschen zugenäht waren. Ein Polizist hielt die Zeremonie mit der Filmkamera fest, dann versuchte er ihnen die Kassette zu verkaufen.

»Man kann sie mit Musik unterlegen«, empfahl er.

»Einverstanden«, sagte Cesare.

Nach zwei Jahren schlief das Paar zu Mittag miteinander, um ein Kind zu zeugen, Giorgio oder Mirella. Es war April und schon sehr heiß.

»Das ist ein unvermeidlicher Schritt«, stotterte Cesare. Er fühlte sich wie ein Glas Blut, gefüllt bis an den Rand, von zitternder Hand gehalten.

»Es ist schön, sich in einen Sohn zu verströmen, das verlängert die Existenz«, sagte Sofia, als sie sich das Höschen auszog.

Und in einer Augustnacht, als Cesare wie immer an

der Tankstelle vorüberkam, in der Sofia schon seit geraumer Zeit nicht mehr arbeitete, warf er einen Geldschein in den Spalt des Self-Services, zog den Zapfhahn aus der Benzinsäule und vergoß alle diese Liter Benzin auf dem Boden. In die lastende Schwüle der Landschaft drängte sich der gute und alte Geruch von mit Fleckputzmittel gereinigten Kleidern. Cesare kletterte wieder in den Lieferwagen zurück, rollte eine Zeitung zusammen und zündete sie mit dem Feuerzeug an; auf der ersten Seite war etwas über Lebenserwartung zu lesen. Und »Nun regnet es schon seit drei Monaten nicht mehr«. Er schleuderte sie von weitem gegen das Licht der Tanksäule, und dann war da gleich sehr viel mehr Licht.

Mehr als einmal hat Cesare versucht, sich die Ziege vom Hals zu schaffen. Er hat sie auf der Straße ausgesetzt, und sie war, auf welchen Wegen auch immer, zurückgekehrt. Er hat sie aus dem Wagen ausgeladen, weit fort von zu Hause, und Betta ist zurückgekehrt. Er ist auch zu dem Schäfer gegangen, der oft seine Herde auf den scheckigen Wiesen entlang der Appia antica weiden ließ. Das war ein magerer und gleichmütiger Mann, mit einem langen und scharfgeschnittenen Gesicht, von Falten gekerbt, als hätte er selbst es mit dem Messer geschnitzt, dieses Gesicht, in all den Stunden, die nie vergehen. Ab und zu schlief er am Straßenrand, den Kopf an seinen Hund gelehnt, einen riesigen maremmanischen Schäfer, der ihm als Wache und als Kopfkissen diente. Und ab und zu sah Cesare ihn mit verschränkten Armen inmitten seiner Schafe auf und ab gehen, die von ferne, reglos mitten im Gras, weißen Felsbrocken glichen, die seit Jahrhunderten dort zurückgelassen waren.

»Ist das Ihre Ziege?« hat Cesare ihn gefragt und mit dem Zeigefinger auf das Tier gedeutet, das sie unablässig umkreiste und nicht einmal für einen Augenblick stillhielt.

»Nein.«

»Und doch habe ich sie wirklich irgendwo hier aufgelesen. Sie ist mir bis in meine Wohnung gefolgt und nicht mehr loszukriegen. Vielleicht ist sie aus Ihrer Herde ausgerissen?«

»Ich habe vierundzwanzig Schafe, die laufen nicht weg, und die verirren sich auch nicht. Die sind brav, meine Schafe.«

»Sie haben also auch keine Ahnung, wem sie gehören könnte?«

Der Schäfer hat sich zu seinem Hund hinabgebeugt, ihn am Hals gekrault, zu ihm gesagt: »Du mußt wachsam sein«, und der Hund ist davongestoben, um einen dieser reglosen und zahmen Steine zur Herde zurückzutreiben, der sich ein ganz klein wenig von ihr entfernt hatte.

»Sie wissen nicht, wem diese Ziege gehört?« hat Cesare wiederholt.

Betta klebte nun beinahe an seinem Bein und scharrte mit dem Huf wütend den Rasen, der hier nicht sehr viel mehr war als vier Grashalme und ein wenig eingetrockneter Schlamm.

Der Schäfer hat Cesare einen aufrichtigen und irritierten Blick zugeworfen. Dann hat er gesagt: »Natürlich weiß ich das.« Und gleich wieder geschwiegen, als ob das alles doch sonnenklar wäre.

»Na also, kurz und bündig, wem gehört sie? So sagen Sie es mir doch, heraus mit der Sprache ...«, hat Cesare weiter in ihn gedrängt.

Der Hund ist zurückgekommen und hat Betta mit

halbgeschlossenem Maul angeknurrt, die daraufhin sofort ihre kleinen bedrohlichen Hörner senkte. Die Hand, mit der der Mann sich, hin und her, hin und her, aber ganz bedächtig, über sein unrasiertes Kinn strich, erzeugte das lästige Geräusch von Schleifpapier.

»Wem gehört die Ziege? So sagen Sie es mir doch, wem sie gehört, wem ich sie zurückbringen kann. Ich ertrage sie irgendwie nicht mehr länger.«

Und nun hat der Schäfer ausgespuckt und leise gesagt: »Diese Ziege gehört dir.«

Das leichte Auf und Ab der Autobahn verringert das Tempo und schneidet in die Beine. Cesare kommt es vor, als müßte er mit den Knien irgend etwas Unsichtbares eine Steigung hinaufstemmen, um es dann wieder mühsam zurückzuhalten, sobald die Straße abwärtsführt. Die Milchsäuren bilden Klümpchen in den Waden, Cesare stellt sie sich vor, wie sie zu ganz saurem Joghurt werden und dann zu Ziegenkäse, er fühlt sie sich schmerzend in den Muskeln zusammenballen. Aber vielleicht ist das nicht wirklich so. Ich bleibe kurz stehen, ich raste ein wenig, gerade die rechte Zeit, um zu Atem zu kommen, nur für einen Augenblick, befiehlt Cesare sich selbst und Betta: vergebens, Tier- und Menschenbeine sind nicht aufzuhalten, laufen taub weiter. Nun kommen ihm wieder die Kartoffeln in dem Glas in den Sinn, auf einer Fensterbank im Frühling, vor vielen Jahren, als die Welt am Morgen eine Volksschulklasse war und eine Frau alles entschied. Das waren gesunde Kartoffeln, normale, friedlich auf dem Boden des gläsernen Gefäßes zurückgelassen, und dennoch öffneten sich nach einigen Tagen Geschwüre in ihrer Haut, und daraus sprossen weißliche Ableger hervor, haarige Fäden, die über den Rand des Glases krochen und sich gleich Regenwürmern auf den Tisch herabringelten. »Warum tun die das, warum geben die keine Ruhe?« fragte Cesare, und die Lehrerin antwortete mit Entschiedenheit: »Das ist das Gesetz der Welt, macht eure Aufgabe auf dem Protokollpapier und denkt daran, daß jedes Lebewesen wie diese Knollen hier ist, es gebiert, und es stirbt: alle miteinander, Menschen, Hunde, Vögel leben unter dem Himmel wie diese unterirdischen Kartoffeln. Macht auch eine schöne Zeichnung mit den Buntstiften.« Ein kleines Mädchen mit langem Haar hörte zu und lachte, sah die Kartoffeln platzen und lachte.

Auf dem Pannenstreifen wandern zwei Burschen an den äußersten Enden ihres Fadens nebeneinander her: einer hält eine brennende Taschenlampe in der Hand, der andere einen großen Blumenstrauß, in Silberpapier gewickelt, und eine Plastiktüte.

»Sie wissen, daß auf der Autobahn Gedenktafeln nicht erlaubt sind?« fragt der mit der Lampe keuchend Cesare, und richtet ihm den Strahl mitten in die Augen. »In der Stadt und auf den Staatsstraßen errichten sie sie seelenruhig, sie stellen sogar Vasen davor, aber hier nicht, nie. Jetzt stellen Sie sich das bloß einmal vor.«

»Ich weiß nicht, was ich dazu sagen soll«, antwortet Cesare.

»Ungefähr hier, auf dieser Höhe, ist Nino mit seinem Motorrad von der Fahrbahn abgekommen. Er wollte nach Paris und nach London, ohne uns, letztes Jahr. Nach Paris und London, ohne uns, was für ein Verrückter«, sagt der andere und schüttelt seine Blumen in der feuchten Luft.

»Auch wir beide heißen Nino. Wir waren unzertrennlich, man nannte uns die Trenini. Verstehen Sie? Die drei Nini. Immer zusammen, seit wir so klein waren, praktisch seit der Volksschule. Am Morgen und am Abend, am Abend und am Morgen. Die drei Nini aus der Via degli Apennini. Was für eine Leere das Leben jetzt ist, was für ein sonderbarer Stillstand.«

»Das tut mir leid.«

»Wir sind bis hierher gelaufen, zu seinem Gedenken. Jetzt werden wir diese Rosen mit unserem Faden an die Leitplanke binden, ein Gebet, und dann kehren wir um. In der Tüte haben wir noch eine kleine Gedenktafel aus Pappkarton: ›Für Nino von Nino und Nino‹.«

Cesare versucht, sie abzuhängen, Betta treibt ihn kräftig an, immer wieder dreht sie den Kopf nach ihm zurück, wie um zu sagen: Laß uns weitermachen, rasch; aber die Beine sind schwer, als hätte sich vor lauter Anstrengung Weinstein in ihnen abgelagert.

»Stellen Sie sich vor: am Ende sagte Nino, daß er uns hasse. Er sagte: Ich möchte fort von hier, Paris, London, euch hasse ich jetzt. Aber das war ja nur so dahingesagt, um uns zu ärgern, wir wissen das, weil es doch gar nicht möglich ist, das ist doch so, als würde man sich selber hassen. Und kann man sich denn selber hassen?«

Betta hat einen Satz gemacht und sich zwei Rosen aus dem großen Blumenstrauß geschnappt.

Germano saß hinter seinem kleinen Schreibtisch aus Teakholz, um die Schwärme der kleinen Vögel, auf ewig in ihren Schaukästen aufgereiht, und die anderen ausgestopften Tiere zu bewachen. Er hielt die Augen geschlossen und die Mädchenhände auf den Knien, als schliefe er und träumte von zarten Stickereien. Vor sich hatte er vier gutgespitzte und unterschiedlich lange Bleistifte, einen beinahe ungebrauchten Radiergummi, ein Lineal, ein Blatt weißes Papier. Und hinter seinen abfallenden Schultern nahm Cesare das Gewicht des Staubes in den verlassenen Sälen wahr, das makellose Weiß des Mammutkiefers, die Stille.

»Guten Abend«, sagte Cesare, obwohl es zehn Uhr morgens war.

Germano hob die langen Wimpern, rührte sich im übrigen aber nicht. »Guten Morgen«, antwortete er, ohne die Lippen zu bewegen.

»Die hat mir gefallen, die Geschichte, die Sie mir geschenkt haben. Es lag mir daran, Ihnen das zu sagen.«

»Warum?«

»Ich bin hier gerade vorbeigekommen ... sie hat mir gefallen ... Wie geht es Ihnen heute mit Ihren Kreuzworträtseln?«

»Ich habe noch gar nicht damit angefangen, dazu ist Zeit, hier sind die Tage lang. Aber eins waagrecht habe ich schon im Kopf: ›Morgendlicher und wiederkehrender Gedanke.‹ Da setze ich die Namen meiner Eltern ein, zuerst meine Mutter und dann meinen Vater, oder umgekehrt, das wird von eins senkrecht abhängen. Oft denke ich, sie einbalsamiert in einem dieser Säle zu finden, mit einem Messingschildchen, auf dem steht: Eltern des Wärters, aussterbende Rasse. Sie müssen wissen, auch die waren Wärter, im Etruskischen Museum und im Napoleonischen. Ich möchte sogar das Ei einfügen, das mir heute zerbrochen ist, wie schwermütig mich das gemacht hat. Ich weiß selber nicht, weshalb mich das so schwermütig gemacht hat, es zerronnen auf der Erde liegen zu sehen, so weiß und rot. Während es fiel, hoffte ich, daß es mir in die Hand zurückspringen möge, manchesmal kommen einem solche Hoffnungen. Und doch springen sie nie zurück. Aber sie kreuzen sich mit den Enttäuschungen, und irgendwie gelingt mir das Schema perfekt.

Das durch die Eingangstür fallende Licht streifte die Schreibtischplatte, verweilte auf dem zweiten Metallknopf an seiner Jacke wie auf dem Glasauge eines zweitrangigen Götzenbildes. Das Gesicht von Germano blieb im Halbdunkel, ein wenig aufgedunsen.

»In dieses Kreuzworträtsel, könnten Sie da auch mich, meinen Besuch, einfügen? Natürlich nur, wenn Sie es für günstig halten ...«, sagte Cesare.

»Gewiß, gewiß.«

Es schien, als wäre dem nichts anderes mehr hinzuzufügen.

Und in dieses nichts andere hinein dachte Cesare: »Vielleicht bin ich auch ein Mörder, ich habe keine Arbeit mehr, ich möchte bis an den Rand der Welt fliehen. Ich, ich, ich ... Ich trage heute saubere Wäsche, und später werde ich laufen, die ganze Nacht durch werde ich laufen. In einer Woche ist der Marathon, und ich werde bis zum Schluß mithalten, und wenn ich mich mit den Fingernägeln hinkrallen muß. Heute weiß ich nicht, was tun, ich habe nichts zu tun, aber ich fühle mich wie der Stachel eines Igels in einem Stück Fleisch: an irgendeiner Stelle dringe ich ein, steige hoch, steche in ein Herz. Die machen das so, die Stacheln der Igel.«

»Möchten Sie, daß ich Sie durch das Museum führe? Ich könnte Ihnen andere Insekten zeigen, wir haben ganze Kästen voll, die nicht ausgestellt sind. Kästen voller Küchenschaben und Motten.«

»Nein danke, draußen wartet man auf mich.«

»Ihr Sohn?«

»Nein, der ist in der Schule.« Mit seinen fünf Fingern trommelte Cesare auf das Teakholz des Schreibtisches, viel rascher, wie vor einem winzigen Salto mortale, dann stützte er sich mit der Faust auf und sagte: »Glauben Sie, daß die mir hier im Zoo eine Ziege nehmen würden?«

»Was für eine Ziege?«

»Eine ganz normale Ziege, ein bißchen wild, aber gutartig.« Letzte Nacht hatte Cesare sie in den Arm genommen und, obwohl sie heftig ausschlug, in die Badewanne gestellt und mit dem Zedernshampoo gewaschen, dem besten aus dem Supermarkt. Drei Fläschchen waren nötig, und es troff schwarz wie ein riesiger Tintenfisch. Zu guter Letzt hatte er sie noch sorgfältig gebürstet, alle Knoten in ihrem Fell gelöst und es mit dem Fön aufgelockert. Er hatte ihr auch eine rosa Schleife zwischen die Hörner gesteckt, eigentlich ist sie hübsch.

»Ich glaube nicht, nein. Hier sind die Tiere inzwischen die, die sie sind, die Direktion wartet bloß, daß sie auf natürliche Weise aussterben. Gestern ist die Giraffe verendet.«

»Schade«, bedeutete Cesare und öffnete seine Faust wieder wie eine Blume aus Fleisch.

»Ich kann Ihnen dafür aber eine andere kleine Geschichte zu lesen geben. Sie ist zwar nicht wirklich fertig, aber doch so ziemlich. Beinahe kann man sie verstehen, beinahe« – und für einen Augenblick legte er seine Mädchenhand in die bebende und leere von Cesare, und nachher war da als Geschenk ein kleines Blatt, voll von Wörtern und Streichungen.

Im Tunnel ist die Luft heißer, es gibt nicht mehr die violetten Flecke von den Blitzen, die in den Wolken explodiert sind, den feuchten Wind. Cesare spürt seinen Körper hart wie einen in die Erde gerammten Pflug, vom Gaul gezogen, um eine einzige und endlos lange Furche zu ziehen. Zwischen den Schläfen sind die Gedanken bloßgelegte, schmutzige, spitze Steine. Zehn

Finger, um einen nachgiebigen Hals gedrückt, und die Finger drücken immer fester zu, so als wollten sie sich jenseits dieses weichen Halses ineinander verflechten, wie damals als Kind, in einer Kirchenbank, kniend, als er betete: Ich möchte in einer Kerze stecken und herunterbrennen, alles rund um mich her zerschmelzen, alles besser formen. So kann man nichts lieben, so von außen. Ich hatte die Taschen voll mit von den Seitenaltären gestohlenem Wachs. Ich modellierte kleine Figuren mit neuen, unglaublichen Formen, alle zu einer Seite hin geneigt, wie die in Elfenbein geschnitzten Statuen oder die in den Weihnachtskrippen, Brüder und Schwestern. Ich hauchte darauf. Wie genau lautete die Geschichte von Germano? Und der runde Körper von Cleopatra? Und der Kommissar, als er zu mir sagte: »Durch das Fragen werden wir alle gefährliche Wesen« – wieviel wußte der von mir, von Cleopatra, von meinen Händen? Und ein Knie, ist das vielleicht weniger kompliziert als ein Hirn? Und Betta, mag sie mich oder haßt sie mich, so wie ich sie hasse, der ich ihr jeden Tag zu fressen gebe?

Jeden Tag liest ein Mann sein Horoskop. Er glaubt fest an die Konjunktionen der Gestirne, an die Energie, die die Planeten auf ihn ausstrahlen. Er hat Vertrauen in die Himmelskarten, die von den Astrologen sorgfältig gezeichnet werden, und ein wenig auch in jene vier Zeilen, die die Zeitungen täglich bringen. Er ist den Teleskopen dankbar, die die verborgensten Konstellationen aufgespürt haben, und den Kompassen, die sie auf den Karten festhalten, dem, der sich mit ihnen auskennt und sie erklärt. Er weiß, daß Saturn seit langer Zeit seinen Himmel besetzt hält, daß Venus ihm persönlich feindlich gesinnt ist: er weiß, daß er traurig ist am Abend.

Er tritt aus seinem Haus an der Meeresküste, nahe Ostia, blickt auf diese unendlich vielen leuchtenden Pünktchen, die auf das Firmament gemalt sind, und weiß, daß er traurig ist. Er hat eine Frau verloren, Maria mit den schrägen Augen, und des Nachts belagern trübe und gewalttätige Träume sein Bett, und bei Tag verzerren sich die Dinge unvermeidlich, durch den Riß, der durch sie hindurchgeht. Das ist die kosmische Energie, die mir übel mitspielt, denkt er, es sind Venus und Saturn, und bisweilen glaubt er, bald sterben zu müssen, so groß ist die Anstrengung. Er pflegt sich nicht mehr, läßt die Flecken in den Kleidern, die Müllsäcke in der Küche und im Salon, das Schwarze unter den Nägeln, die Photographien umgeworfen.

Das, was er sich absolut nicht vorzustellen vermag, ist, daß aus einer Entfernung, für die es nicht einmal ein Maß gibt, hinter dem Schweigen der am weitesten entfernten Galaxie, seine Traurigkeit daran ist, eine Konstellation auszulöschen: so weit werden die Gebärden und die Gedanken übertragen, so gründlich beeinflussen sie. Und mit unseren Worten nicht zu beschreibende Geister lesen jeden Abend – und das ist ihr entsetzliches Horoskop – sein unruhvolles Auf-und-ab-Wandern an der Küste des Meeres, nahe Ostia, in der Hoffnung, daß die Maria mit den schrägen Augen bald in das erste Haus zurückkehren möge.

Das ist die zweite Geschichte des Wärters Germano, jetzt erinnere ich mich daran.

Der Tunnel ist geschafft: jenseits davon ist es dieselbe Straße wie vorher, aber weiter vorn, ein kleines Stück Asphalt weiter vorn, zwischen den Feldern Latiums. Eines Nachmittags war Cesare einem Pärchen stundenlang gefolgt, hatte Interesse für die Schaufenster irgendwelcher Geschäfte geheuchelt, sobald sie stehenblieben, oder vor einer Rosticceria gewartet, wenn sie sie betraten. Er hatte den Arm um ihre Schulter gelegt, sie den ihren um seine Taille, sie schienen miteinander verflochten wie ein Zopf, der sich nicht löst. Sie spazierten so dahin und unterhielten sich leise, schoben sich die Wörter in den Schnabel, als wären es kleine Würmer. Dann betraten sie ein Kino: ein langer Korridor, ein winziger Wartesaal, die Kasse, ein schwerer Vorhang, das Dunkel. Cesare folgte ihnen, ohne auch nur eine Sekunde zu zögern: Korridor, Eintrittskarte, Dunkel, ganz automatisch. Er setzte sich in die letzte Reihe, sicher, sie in seiner Nähe zu finden, möglichst weit weg von diesen flimmernden Bildern auf der Leinwand, von den Geschichten anderer. Dort vorne, im Film, fuhr ein Mann mit alltäglichem Gesicht in einer U-Bahn, stieg aus, schüttelte den Kopf: er trug eine Pistole in der Tasche seines Regenmantels, um einen anderen Mann damit zu töten. Die Rolltreppen rissen ihn mit sich, wie eine Welle ein morsches Stück Holz mit sich fortreißt. Das Pärchen saß tatsächlich in der Reihe vor Cesare, auf der rechten Seite, eingeschlossen in einen endlosen Kuß. Cesare rutschte einen Platz näher, noch einen, gab sich Mühe, die Sitze nicht allzu laut knarren zu lassen, während der Mann auf der Leinwand nicht davon abließ, wie ein Idiot in den riesigen Haltestellen der Metro herumzustreunen, mit der Pistole, die er nicht gut genug versteckte und die ihm deshalb unten herausragte wie ein großes und vergessenes Glied. Das Opfer hatte ein hassenswertes Gesicht und bekam von alldem überhaupt nichts mit, ging unbeirrt zwischen den Leuten seiner Wege, entkam. Cesare war noch einen Sitz näher an das Paar herangerückt, ein Stuhlächzen näher, jetzt war er weniger als einen Meter von dem Kuß entfernt, der sich, von Seufzern und Liebesgeflüster unterbrochen, sofort wieder schloß. Cesare spürte das Blut vom Herzen herabstürzen wie eine steile Kaskade, es in den Beinen und in den Armen hochwallen, im Kopf. Er hatte seinen Holzsitz verlassen, ihn langsam zurückgeklappt, und war auf den daneben gerutscht: nun konnte er eine Hand ausstrecken und sie berühren, wenn er wollte. Konnte ihre stehende Hitze spüren. Das Mädchen flüsterte: »Du bist mein Schatz, mein Schatz, ich liebe dich.« Auf der Leinwand hatte der Mann mit der Pistole und dem guten Gesicht genauso geschossen, wie sich jemand entschuldigt, wenn er einen Unbekannten anrempelt: gerade nur so, kaum merklich. Der andere ist auf die Rolltreppe gestürzt und ihm so auch als Toter davongefahren.

»Was will der von uns?« sagte der junge Mann und drehte mit einem Ruck seinen Kopf zurück. Er hatte die Züge eines Kindes, das Kinn zitterte ihm vor Wut.

»Ich schau mir den Film an«, gab Cesare zur Antwort, ganz ernsthaft.

»Hauen Sie ab, lassen Sie uns in Frieden.«

»Weißt du, Salvatore, vorhin hat er mir von hinten in die Haare geblasen«, fügte das Mädchen hinzu. »Das ist ein Monster.«

»Ich habe für meine Eintrittskarte bezahlt und schau mir den Film an.«

»Hauen Sie gefälligst ab.«

»Das ist ein Monster.«

»Der Film«, hat Cesare wiederholt, während er sich dem Ausgang zuwandte, das Kino verließ. Auf der Leinwand warf sich der Mann, der geschossen hatte, auf ein Bett und machte die Augen zu.

Auf dem Weg zu seiner Wohnung hielt ihn auf dem

Treppenabsatz ein Nachbar auf. »Sie wissen nicht, was dieses verdammte Vieh, das Sie sich da in Ihrer Wohnung halten, heute nachmittag getrieben hat, wie es gegen die Tür geschlagen, nach Ihnen geschrien hat.« Cesare hörte ihm kaum zu: er betrachtete den Schlafrock des Mannes, den kindischen Pyjama, der darunter hervorlugte, die leicht gekrümmten Schultern, diese vollendete Resignation. Die Frau des Nachbarn blickte aus der halbgeöffneten Tür, einen orangeroten Hausschuh vorgeschoben und eine Hand ausgestreckt wie eine Klinge. »Verkühl dich nicht, Salvatore«, sagte sie, »nicht streiten.« – »Einen Moment, meine Liebe: Es hat einen Höllenlärm veranstaltet, Ihr Vieh. So kann das nicht weitergehn, wir müssen uns ausruhn.« – »Misch dich nicht ein, Salvatore.« – »Schweig stille, Weib! Also, wozu halten Sie sich diese Ziege eigentlich? Was ist das für eine Grausamkeit, sich eine Ziege in der Wohnung zu halten? Ich geb Ihnen einen Rat: Essen Sie sie. Schneiden Sie ihr die Gurgel durch und essen Sie sie.«

Es ist so, daß sich nach dreißig Kilometern alles ändert, auch wenn es gleich bleibt – die Autobahn, mit den Scheinwerfern der wenigen Laster, die auf der anderen Fahrbahn dahinfahren, dem Regen, der droht und immer noch nicht fällt, den Linien am Boden, den Lichtmasten, die aus den gepflügten Feldern wachsen. Man sagt, daß ab diesem Punkt die Muskeln für sich selber zu denken beginnen, das war auch in der Zeitschrift zu lesen. Eine gelb-weiß-karierte Fahne schwenkend, hat ein Mann Cesare und Betta das Zeichen zum Abbiegen in eine Tankstelle gegeben. »Dreißig Kilometer«, schreit er. »Dreißig Kilometer, hört jetzt auf.« An seiner Seite umkreisen ein Typ mit einer Fernsehkamera und ein anderer mit einer ganz starken Lampe, die ihm von oberhalb des Schlüsselbeins herabstrahlt, einige Sportler, die auf der Erde sitzen, in Decken gehüllt wie Erdbebenopfer. »›Zu zweit für die Welt‹ stehenbleiben, hier ist Schluß.« Irgend jemand hat versucht, die Ziege am Hals zu fassen, Cesare am Arm zu packen, wie in einem Polizeikommissariat an der Peripherie, wenn sie dich in ein leeres Zimmer führen, um es dir heimzuzahlen. »Ich wollte Cleopatra nicht umbringen, ich habe sie nie getötet«, keucht Cesare mit aufgerissenem Mund, mit heraushängender Zunge, die kraftlos auf den von den Fausthieben eines Polizisten zersplitterten Zähnen scheuert. »Ich will nur weiterkommen, laufen, mich müde machen, schlafen.« Das Bündel Licht erfaßt nun seine Gestalt, läßt Bettas Augen wie Diamanten aufblitzen, den goldenen Faden, der Cesare an sie bindet. Ein junger Mann in Jacke und Krawatte läuft neben ihnen her, ein Mikrophon in der Hand, mitten in dem mitlaufenden Licht und bereits mitten in den Bildern der Fernsehkamera. »Der Marathon ist zu Ende, bleiben Sie doch stehn. Es hat Probleme gegeben, ein Mann ist gestürzt und hat sich an der Schläfe verletzt, die Autobahngesellschaft hat die Erlaubnis zurückgezogen, es ist spät, ganz wenige Paare sind dennoch weitergelaufen, aber auf eigenes Risiko und auf eigene Gefahr. Es ist sehr spät, glauben Sie mir, so sagen Sie doch irgend etwas, bleiben Sie stehn.«

Aus einem Kübel angelt Cesare sich einen Schwamm, und ohne langsamer zu werden, fährt er sich damit über das Gesicht, saugt gierig daraus.

»Sagen Sie mir irgend etwas, irgendeine Erklärung.«

Rundum herrscht ein Durcheinander: aus zwei Campingwagen, unter dem Zielband »Zu zweit für die Welt« miteinander verbunden, kommen und gehen

Männer und Frauen, ein alter Wagen wird durchgestartet, preßt die Reifen auf den Steinsplitt, irgendwer hat in einer Ecke des kleinen Platzes ein Feuer gemacht.

Eines Morgens hat Cesare eine Million von der Bank abgehoben, zwanzig Scheine zu fünfzigtausend Lire.

»Irgend etwas, mein Herr, so laufen Sie doch nicht fort.«

Mit diesem Geld wollte Cesare eine gepanzerte Tür kaufen, weil es Betta gelungen war, seine alte aus Holz aus den Angeln zu heben, eines Nachts, als sie noch nach draußen wollte, um mit Cesare irgendwohin zu laufen. Gemeinsam mit der Ziege stand Cesare schließlich vor dem geschlossenen Geschäft: in den Auslagen priesen sich Safes, Teile von Stahltüren, von mit eisernen Riegeln umklammerten Türeinfassungen an. Alarmlämpchen flammten rot in den Ecken auf wie Christbaumschmuck. »Sie werden gleich aufsperren, ich werde hineingehen und meine neue Tür bestellen«, dachte Cesare. »Später am Nachmittag werden die Arbeiter kommen und sie mir montieren, und morgen werde ich sie braun anstreichen. Gleich werde ich eintreten und die genaue Summe hinlegen, die da kauf ich mir, die zu einer Million, es genügt, zu warten, bis das Geschäft aufmacht, nur ein paar Minuten warten. Warten, hier, auf dem Gehsteig, seelenruhig. Es ist nicht heiß und es ist nicht kalt, ich habe keinen Hunger, ich habe nichts zu tun.« Aber Kopf und Körper waren schon zehn Schritte voraus, weiter drüben, neben Betta und einem Mann, der an der Mauer lehnte, eine leere Flasche in der Hand.

»Trinken Sie«, hat Cesare gesagt und ihm einen Schein hingestreckt.

Und noch weiter vorne hatte sich Betta einem Alten

in einem Anzug aus Grisaille zugesellt, der in einer Mülltonne stöberte und zwischen dem Plastikabfall nach irgend etwas Eßbarem suchte, ohne es jemanden merken zu lassen, nicht einmal sich selbst.

»Da«, sagte Cesare und verabschiedete einen weiteren Geldschein in diese sauberen Hände. In seinem Kopf wurde die Tür immer schmaler, immer leichter, und im Gegensatz zu ihr wuchs die blinde Wut, stieß weiter, trieb voran.

Bis zum Lager der Zigeuner war Betta gekommen, und Cesare ein oder zwei Schritte dahinter, bis zu den jugoslawischen Zigeunern mit den Zähnen aus Gold und dem fettigen Haar. Da gab es überall Schlamm, alte Fords ohne Nummernschild, zum Trocknen aufgehängte Wäsche, ein Holzkohlenfeuer zwischen den Steinen, Wind zwischen den Wohnwagen, ein riesiges Pferd. »Ich muß die Tür mit dem Guckloch kaufen, die werden heute nachmittag kommen, sie mir zu montieren, ich werde für die Arbeiter einen Kaffee zubereiten und viele neue Schlüssel haben.« Dem ersten bloßfüßigen Kind, das ihm entgegenlief, hat Cesare einen Fünfzigtausend-Lire-Schein in die Faust gedrückt, so gewaltsam, daß er seine Finger krachen hörte, und im Nu hingen weitere vier Kinder an den Ärmeln seiner Jacke: fünfzigtausend Lire für jedes, und die sind auf und davon gestoben wie Raben, während hinter seiner Stirn die Tür der Wohnung sich immer kleiner machte, schlechter schloß, noch schlechter, hin und her schlug und die Wohnung dahinter sich mit Lärm füllte, mit Verwirrung, mit Worten und Gedanken, wo die Diebe nicht einmal zurechtkamen, sie fortzutragen. Betta sprang zwischen den Kindern hin und her wie ein Ball in einem Spiel ohne Regel und Pause. Eine ganz fette Zigeunerin kam kreischend aus einem Wohnwagen gestürzt, der kaum größer war als sie: sie zeigte auf ihren dicken Bauch und sagte in einem fort: »Bub, Mädel, armer, armes, ich will das Geld, gib mir das Geld.« – »Da, nimm mein Geld, und da, das gib deinen Schwestern und das deinem Mann, los, nimm das Geld, habt euren Spaß daran.« Ein Schein war aus Cesares Hand in den Schlamm geflattert, die Frau stellte sofort ihren Fuß darauf und rührte sich nicht mehr vom Fleck. Der weiße Schuh versank in diesem Schlamm wie das Lächeln im Fett ihres Gesichts. »Danke«, sagte sie, »danke guter gutes, Geld auch für Pferd, sein sehr krank, das Pferd«. Die Tür war nur noch ein kleines Loch im Kopf, und Betta lief darin vor und zurück. »Danke, gutes Mann, vieles Glück, und nie, daß dir der Schädel zwischen die Pfoten falle.« Die letzten fünfzigtausend wollte Cesare in den Opferstock werfen, in der Don-Bosco-Kirche. Sie wollten nicht durchrutschen, er hatte den Schein achtmal gefaltet, und der hatte sich gleich einem dicken Splitter in dem Schlitz verkeilt. Er hat versucht, ihn mit dem spitzen Ende des Schlüssels durchzuzwängen, so lange, bis ein Priester mit gebügelter Hose und weißem Hemd zu ihm herkam, um zu sagen: »Warum bestiehlst du Gott?« Bettas Hufe scharrten auf dem Marmorboden, unter dem Kessel mit dem Weihwasser. Ein letzter Schubs, und der Geldschein ist in das Dunkel des Opferstocks geflutscht, mitten hinein in das Erstaunen der Münzen. »Ich stehl ja gar nicht«, flüsterte Cesare. Aber der Priester befahl: »Bring dein Vieh hier raus, das ist eine Lästerung, dieses Tier, schau doch, es trinkt von dem geweihten Wasser, schau doch, wie abscheulich.« – »Arme Ziege, sie hat so einen Durst«, hat Cesare leise erwidert. Auf dem Platz vor der Kirche blies ein scharfer Wind, der das borstige Fell Bettas zerzauste und die Haut im Gesicht unempfindlich machte. »Ich hab mein Geld verstreut wie Konfetti, ich bin großzügig gewesen, ich bin gut gewesen«, dachte Cesare, ohne auch nur die geringste Spur von Befriedigung zu empfinden. Von neuem fühlte er das Bedürfnis nach der großen gepanzerten Tür, nach einer Zugbrücke, die er hochziehen könnte zwischen sich und den Dingen, die fliehen und von weitem rufen, jenseits des tiefen Grabens, in dem er nun sich selbst auf und ab gehen sah. »Auch das Gute, was für ein Unglück, das ich unter den Sohlen lostrete: auch das Gute ist nur eine Tollheit der Beine und der Hände«, so dachte er, mit einem Schauder vor sich selbst.

»So sagen Sie mir irgend etwas«, insistiert der junge Mann vom Fernsehen, der neben ihm herläuft, die Krawatte über der Schulter. »Einen Gruß, irgendeine Erklärung, schicken Sie einen Kuß, wenn Sie möchten.«

Cesare schneidet eine Grimasse, stülpt die bebenden Lippen ins Leere vor, küßt die kriegerische Luft der Welt.

Nun verlängern die Lichtkegel der Laster, die im Rücken auftreffen, die Schatten der wenigen Läufer, die beiden Köpfchen am Ende gigantischer Körper, mindestens hundert Meter lang auf den Asphalt geworfen: dann fegen die Laster selber vorüber wie mächtige Sommergewitter, und das Dunkel verschluckt diese Schatten.

Cesare und Betta laufen Seite an Seite mit einem einzelnen Herrn, grauhaarig und vornehm in seinem Trainingsanzug aus grauem Plüsch, wenn auch ein wenig krumm, mit dem dünnen Schnürchen, das ihm verwaist von einem Finger baumelt.

»Sind Sie allein?« fragt Cesare.

»Meine Frau ist nach Hause zurückgekehrt, ich mach weiter.«

»Die sagen, daß der Lauf zu Ende ist. Daß das Weitermachen keinen Sinn mehr hat.«

»Aber Sie laufen doch auch weiter, und sogar Ihre Ziege. Wie können die glauben, einen Marathon unterbrechen zu können? Wir laufen doch alle weiter, und deshalb gehört dieser Lauf jetzt uns, wir bleiben dabei, ja?«

Cesare fühlt, wie sich sein Atem zu seinem Gaumen zurückkrümmt wie ein Angelhaken, der zerrt, der reißt. Er merkt, wie Betta hinter einem vorüberdonnernden Lastwagen schneller wird, der mit kaputten Autos beladen ist, Wracks, zu Würfeln zusammengepreßt, einer neben dem anderen. »Ja«, antwortete er.

»Wie weit wird sie weg sein, die Ziellinie?«

»Keine Ahnung. Vielleicht haben die sie auch schon abgebaut.«

»Wissen Sie, wie ich sie mir in diesem Augenblick vorstelle, wollen Sie es wissen?«

»Nein«, antwortet Cesare.

»In diesem Augenblick sehe ich eine prächtige Kaserne am Ende eines wunderschönen Parks, ich sehe sie tatsächlich hier mitten auf der Autobahn, die weiße Fassade, die erleuchteten Fenster, kriegerische Fresken an den Decken. Das Tor steht offen, und alle sind in Reih und Glied angetreten, mir Beifall zu spenden, wirklich alle, es hat keinen Zweck, daß ich Ihnen Namen nenne, Sie kennen sie ja doch nicht. Da, ich strecke die Brust heraus, ich betrete die Kaserne, es ist vollbracht. Es ist vollbracht! rufe ich, und will mich bloß noch auf das Bett in meiner Kammer werfen, augenblicklich schlafen. Wir haben dir saubere Leintücher hergerichtet, sagen sie zu mir, die aus weißem

Leinen, deine Bettlaken. Und ich bin angekommen, aber ich laufe weiter durch endlose Gänge, schlüpfe durch eine Tür, eine nächste, trete auf Teppiche, rote Wegweiser, Kacheln, und meine Kammer bleibt immer unerreichbar. Wir haben dir eine handgewebte Decke hingelegt, das neue Lämpchen, das frische Kissen, haben dir kühles Wasser auf den Nachttisch gestellt. Und ich laufe, ich laufe, durch die Gänge, mehr als ich kann, so lange, bis ich einschlafe, ohne jemals damit aufzuhören, zu laufen und zu schwitzen, zu fluchen.«

»Bleiben Sie stehen.«

»Reden Sie keine Dummheiten.«

»Vielleicht habe ich eine Frau umgebracht, die Polizei hat mich bloß noch nicht entdeckt. Sie hieß Cleopatra, sie war eine glückliche Hure, sie hat nie ihre Wohnung verlassen, nicht einmal um ans Meer zu fahren, in einem Restaurant Fisch zu essen.«

»Sie sind wirklich schwachsinnig. Sogar Ihre Ziege ist gescheiter als Sie.«

»Jetzt, wo wir die dreißig Kilometer hinter uns haben, können wir alles sagen.«

»Was denn noch?«

»In der Zeitung habe ich gelesen, daß der Tiger im Zoo einem Wärter die Hände abgebissen hat. Das war mein Lehrer, ich habe ihn auf der Photographie wiedererkannt. Er hatte zarte Hände, wie ein Mädchen, zwei Biskuits.«

»Ich lese nie die Zeitung, ich glaube nicht an das, was die schreiben, ich glaube nicht einmal das, was Sie sich da zusammenreimen, ich glaube an gar nichts. Ich bin Oberst, verstehen Sie?«

Ein anderer Laster läßt die Schritte vorauslaufen, hinein in ein tiefes Lichtfeld. Er benötigt einen Augenblick, um vorüberzufahren, einen Donner. Das sind vollendete Würfel, die Automobilwracks, die er befördert, auf der Ladefläche zusammengeschoben, eins über, eins neben dem anderen. »Die waren überall hin unterwegs«, denkt Cesare, »sie haben sich über die Straßen verteilt, im Sommer alle möglichen Städte aufgesucht, an den Küsten, zwischen den Bergen, haben einander hupend überholt. Sie hatten spitze Karosserien oder stumpfe, beluden sich mit Familien, Paaren, Alten, einzelnen Männern, Reisegepäck, Photoapparaten. Sie waren mit Krümeln übersät, mit Zigarettenkippen, Landkarten drunter und drüber, Reiseführer. Jetzt reisen sie vereint, rechteckiges Metall und schön aufgereiht, wie die Kästchen in einem Kreuzworträtsel.«

Und wieder eine Minute später raste stinkend ein Laster vorüber, vollbeladen mit Schweinen, fett und zum Sterben verurteilt hinter den Planken, voll Würde.

»Auch jetzt bin ich eingeschlafen«, sagt der graue Oberst, immer schiefer, hinkend.

»Beim Laufen?«

»Beim Laufen. Ich weiß nicht, wie lange, nur kurz, glaube ich.«

»Haben Sie sich erholt?«

»Es geht. Ich habe auch geträumt.«

»Im Ernst?«

»Aus dem Schädel ragte mir ein Schornstein, wie ein Hütchen, aber es war ein Schornstein. Er stieß weißen Rauch aus, ganz still. Und im Bauch trug ich mein Zimmer. Da war es, in meinem Bauch, mit dem Bett und dem Schrank, der Pistole auf dem Nachttisch, einem Fenster mit einem Vorhang davor. Ich habe es nicht wiedererkannt, dieses mein Zimmer, aber ich habe mich dort auch so erholt. Ich fühlte mich absolut wohl darin, wie eine heiße Fleischbrühe. Dann habe ich die Pistole genommen und angefangen, aus dem Fenster auf den Himmel zu zielen. Denken Sie bloß, was für ein Unsinn. Wo wir doch alle wissen, daß es im Bauch nur ein Labyrinth aus Eingeweiden gibt, Zeug, das sich verzehrt, während es nach dem Ausgang sucht, Scheiße, Geschwätz.«

Er kommt voran auf der Autobahn, Cesare, und im Kopf kehrt er bis vor das Schaufenster mit den Fernsehgeräten in der Via Togliatti zurück (oder war das am Corso? oder anderswo?), vor dem er mit seinem Sohn stehengeblieben war, an einem Sonntagnachmittag. Die Fernsehgeräte blieben auch den ganzen Feiertag über eingeschaltet und auch in der Nacht, eingeschaltet und stumm.

»Die Mamma hat einen neuen Verlobten«, hatte Giorgio gesagt, und dabei unter den vielen Fernsehbildern nach einem gesucht, das er fixieren konnte. Betta stieß von Zeit zu Zeit mit dem Schädel oder mit der Flanke gegen das Drahtgitter der Rolläden, was ein Geräusch hervorrief wie Wellen, die auf Felsen aufprallen. Auf vielen Bildschirmen schossen Fußballspieler ein Tor nach dem anderen und umarmten sich immer wieder: auf anderen sang lautlos eine Frau, eingezwängt in ein silberfarbenes Kleid, Lippen und Schuhe rot; auf wieder anderen verlas ein Mann mit unbewegter Miene Nachrichten, und hinter seinem Rücken hatte er eine dichte Wand aus Fernsehgeräten. Giorgio starrte in eine Ecke unten, wo zwei Elefanten gerade dabei waren, sich wie zwei einstürzende Gebirgsmassive zu paaren.

»Die Mamma hat einen neuen Verlobten, so ist es«, hat Giorgio wiederholt, die Augen in die Ecke gebannt. Jetzt waren es zwei bunte Vögelchen, die sich paarten, unglaublich rasch, auf einem blühenden Zweig, in einem Geschwirr von Flügelschlägen. »Es ist ein Herr mit einem eleganten Sakko, er möchte mich in den Zirkus führen, morgen oder übermorgen.«

In dem Dokumentarfilm klebten neue Pärchen in ihrer Brunst aneinander: Zebus, Fliegen, Wale, Katzen. Sofia hat einen anderen Mann. Cesare spürte, wie die Panik in seinem Kopf hochstieg, eine Hitze, die den Blick trübte. Er fühlte, wie die Linien auf den Fingerkuppen auseinandertraten, so als wäre in jeden Finger ein winziges Steinchen gefallen und als müßten sich nun diese Kreise wirbelartig öffnen, über die Hände treten, alles rundum berührend, jedes Bild. Er schlug die Hände gegeneinander, wie um sie zu wecken oder zu bestrafen. Ein Tiger machte sich daran, eine Antilope zu verschlingen: eben erst war sie eine leichtfüßige Flucht gewesen, dann bloß noch ein Haufen Nahrung. Der Mann mit dem unbewegten Gesicht fuhr fort, Blatt um Blatt zu wenden, lautlos die Nachrichten aus der Welt zu verlesen, und die Fußballspieler umarmten sich auf dem Feld, zuhauf. Die Häuser in dieser Straße waren hoch und düster.

»Mammas Verlobter hat das Sakko voller Schreibfedern, er zeichnet gut, dann will er, daß ich seine Figuren koloriere. Hundert Filzstifte hat er mir geschenkt.«

»Und du kolorierst sie?«

»Ich versaue ihm alle Blätter. Ich fahre über den Rand hinaus, ich verschmiere alles.« Und dabei hat er gelacht, Giorgio, mit zusammengebissenen Zähnen, und nun war er es, der einen fürchterlichen Tritt gegen die Rolläden trat.

»Mamma sagt, daß ich mich ordentlich aufführen soll, aber ich tu das, was mir paßt, einverstanden, Papa?«

»Ja.«

»Aber die schlafen zusammen, die Mamma und der Verlobte, sie sagen, daß sie mir vielleicht eine Schwester schenken werden ... Maria Luisa, und dann werden sie die Lella nennen.«

Die Ziege hatte die Lefzen hochgezogen, ihr Atem ging schnell. Sie hockte sich nieder, um auf den Gehsteig zu pissen, einen Zickzackstrom zwischen den Turnschuhen von Vater und Sohn.

Giorgio hatte die Augen halb geschlossen, wie um einen plötzlichen Einfall festzuhalten, und dann fragte er: »Aber die Betta, mit welchem Tier verlobt die sich eigentlich?« und aus seinen beiden Schlitzen starrte er den Vater unverwandt an: »Wer ist ihr Liebhaber?«

Cesare schien das der gleiche Blick wie der des Polizeikommissars, als er, nachdem er ihn vorgeladen hatte, um noch einmal über die Wälder in Flammen und über das infame Leben zu sprechen, über die Langeweile und über die absurden Begierden, die einen überkommen, ihn, nachdem er scheinbar ziellos abgeschweift war, so nebenbei gefragt hat: »Aber die Cleopatra, wer hat die umgebracht?«

»Ich weiß es nicht, mein Giorgio, wir sind alle sehr seltsam und verliebt«, und nun war es Cesare, der gegen den Rolladen trat, eine nächste scheppernde Welle.

In allen Fernsehapparaten sprach nun der Präsident, er hatte hundertmal dasselbe müde Gesicht: er sprach zur ganzen Nation, und man hörte kein Wort.

Wieviel fehlt noch bis zum Ziel, wie viele Schritte, wie viele Atemzüge noch, wie viele sind es genau? Der Regen fällt leicht und schräg herab, kalt, hält dort inne, wo er auftrifft: auf den Wiesen und auf dem Asphalt, in den Haaren, im Fell, an den Beinen, die laufen, auf den Dächern der Lastwagen, die unterwegs sind. Er verharrt eine Weile, durchtränkt alles, dringt darin ein oder gleitet darüber hin und sinkt noch tiefer, auf den Grund zu, Wärme raubend unter den Oberflächen, jeder Tropfen ganz nah am nächsten, und immer noch tiefer, um Quellen und unsichtbare Seen zu erzeugen, um sich darauf vorzubereiten, wieder hochzusteigen. Cesare fühlt das Wasser über Stirn und Nase rinnen, er öffnet den Mund, um diese Tropfen, mit dem Schweiß vermischt, hinunterzuschlucken, halb salzig, als würde das Meer vom Himmel regnen.

Die Arme, ich muß die Arme im richtigen Rhythmus mitschwingen, ich darf sie nicht so baumeln lassen, so den Körper entlang. Die Schritte kaum anheben, mit den letzten Reserven von Glykogen und Fetten haushalten. Nach keinem Gedanken mehr suchen, bloß Betta folgen.

Nun sieht Cesare wieder deutlich die Gänge eines Supermarkts vor sich, so als hätte er ihn hier auf der Autobahn um sich oder im Schlagen des Herzens, er sieht die Waren in den Stellagen aufgereiht. Die Ziege trottet neben ihm her, und vor sich haben sie ein Paar mit einem kleinen Mädchen, das im Einkaufswagen sitzt. Diese drei sehen sich alle sehr ähnlich, dick, dunkel, mit karierten Hemden und kleinen Augen. Cesare sieht sie von hinten, aber er weiß, daß sie kleine Augen und dicke Lippen haben. Sie greifen sich bunte Schachteln und Dosen aus jedem Regal und unterhalten sich laut dabei.

»Ich möchte mir das schwarze plissierte Kleid kaufen, das ich gestern am Corso gesehen habe«, sagt sie. »Es ist im Ausverkauf. Ich ziehe es zu den Schuhen mit den hohen Absätzen und den durchsichtigen schwarzen Strümpfen an.«

»Ja, genau, und ich werde morgen abend das neue Sakko anziehen, die seidene Krawatte dazu, und dann gehen wir essen.«

Das kleine Mädchen grapscht sich aufs Geratewohl andere Schachteln und Packungen, Zeug von jeder erdenklichen Art und Form, und stopft es in den Wagen. Cesare bemerkt viele rote Fleischpackungen darunter, aufgeblähte Hühner unter Zellophan, endlose Ketten von Würsten, Spaghetti- und Gewürzsaucen, und unter all dem anderen auch etliche Liter Milch.

»Und ich binde mir eine Schleife ins Haar«, lacht das Mädchen. »Eine hübsche Schleife, himmelblau, wie die von Rita. Ich binde sie mir oben auf dem Kopf, oder vielleicht doch ein bißchen seitlich, genau wie es Rita macht, auch wenn sie blond ist und glatte Haare hat. Ich weiß, wo sie die verkaufen, in dem Laden hinter der Schule, wo sie auch Hefte und Ansichtskarten haben. Ich möchte sie genau wie Rita, nicht wahr, Mamma?«

»Ja, mein Schatz, genau so wie Rita.«

»Ich weine, wenn ich sie nicht finde. Ich weine und esse nie wieder.«

Cesare läuft mit gesenktem Kopf auf der Autobahn und denkt: »Lieber Gott, das Leben ist wundervoll, das Leben der Dinge, das der anderen. Weder Augen noch Hände reichen aus, um das alles zu lieben. Ich möchte an ihrem Tisch sein, morgen abend oder wann es eben sein wird, und ihnen zuerst auf den Corso folgen und in den Laden, Haarschleifen kaufen, Rita kennenlernen.« Ihr Einkaufswagen ist angefüllt bis zum Bersten, die kleinen Räder biegen sich unter der Last. Das kleine Mädchen häuft noch mehr Büchsen obendrauf, runde Geschichten, viereckige, orangene, türkisfarbene, wieder andres Fleisch.

»Ich weine, wenn ich sie nicht kriege. Und ich schlafe nicht mehr. Ich spreche nicht mehr.«

»Wir werden sie finden, wir werden sie finden«, versichert der Vater.

Ganz plötzlich wird das kleine Mädchen von Wut gepackt. Unter dem karierten Hemdchen beben die Schultern, und die kleinen Augen füllen sich mit kleinen Tränen. »Wenn ich die Schleife nicht kriege, dann hab ich euch nicht mehr lieb, dann küß ich euch nicht mehr, dann komm ich nicht mehr mit euch, dann sterbe ich«, und jählings, rücklings, wirft es sich auf den Wagen, auf diesen Berg von Zeug, das alles ein wenig auseinanderrutscht und dabei einen komisch-kläglichen Ton von sich gibt, wie ein fröhlicher und trauriger Dudelsack.

Unter allem anderen begraben, platzt eine Milchpackung an einer Ecke auf, und ein schaumigweißes Rinnsal schießt herunter und breitet sich über den Gang hin aus, so als würde es unter einem Felsen hervorsprudeln.

Betta folgt dem Rinnsal, leckt gierig davon und trocknet es auf, so lange, bis der Einkaufswagen mitsamt der Familie verschwindet und der Supermarkt nicht mehr existiert.

»Aber ist denn das alles möglich?« denkt Cesare. »Darf denn eine Ziege wirklich in einen Supermarkt, und hat tatsächlich ein Tiger meinem Meister die Hände gefressen?«

Leicht wie eine leere Schaukel schwingt sein Kopf vor und zurück und wieder vor. Und noch weiter vor. Im Wind verknoten sich ihre Seile, entflechten sich wieder.

Stoßweise erreichen ihn Worte und Bilder jenseits der dreißig Kilometer, im nach wie vor leichten Regen. Auf der Autobahn ziehen die Beine nun beinahe ohne Anstrengung dahin, wie Scherenblätter auf Papier. Von irgendwoher im Kopf und auf der Straße erkennt Cesare einen Schreibtisch wieder, einen Mann, der dahintersitzt, mit zusammengekniffenen Augen, und darüber, an der schwarzen Wand, die Photographie des Staatspräsidenten, in einem etwas schiefen Rahmen. Er ist jung, der Präsident, kaum älter als ein Knabe.

»Warum?« fragt der Mann, den Brieföffner in der Hand.

»Ich weiß es nicht«, antwortet Cesare und stößt die Luft aus. »Ich weiß ja nicht einmal, was Sie mich da fragen.«

»Mir können Sie es doch sagen. Sie müssen es sagen. Im übrigen glaube ich es ja schon zu wissen: Warum?«

»Vielleicht gibt es kein Motiv, vielleicht ist gar nichts geschehen.«

»Ich wiederhole, Sie können in Ruhe gestehn: hier haben alle irgend jemanden umgebracht, alle.«

»Das glaub ich nicht.«

»Mittlerweile haben wir in dieser großen Nation alle irgend jemanden umgebracht.«

Unsichtbar fällt eine Tür im Luftzug zu, am Grunde der Kehle.

»Nur aus Liebe, deshalb, nicht wahr?« flüstert Cesare im Regen. »Weil der Tag so rasch dahingeht und man dann so fest zudrückt ...«

»Am Hals, ist es nicht so? Es ist ganz genau hier, wo man zudrückt.« Er hat wirklich ganz schmale Augen: wie wird er es bloß schaffen, aus diesen geröteten Schlitzen herauszusehen, die so wirken, als hätte man sie mit dem Brieföffner eingeschnitten, der nun auf dem Schreibtisch liegt ...

»Es tut mir leid, aber ich muß fort, ich muß zum Marathon, es sind Monate, daß ich mich darauf vorbereite, Jahre. Ich bin beim Marathon ›Zu zweit für die Welt‹, verstehen Sie mich.«

»Wann?«

»Jetzt, ich laufe schon auf der Autobahn, das Ziel ist fast erreicht.«

Wieder sucht Cesare mit den Augen hinten an der schwarzen Wand die Photographie des Präsidenten der Nation: er ist kaum verwundert darüber, den bizarren Schädel Bettas sich zugewandt zu sehen, ihre kleinen Hörner und die langen Ohren, den durchdringenden Blick, brennend, der die Nacht durchbohrt, das Maul, das ihm zuzulächeln scheint.

Am Montag achtzehn Kilometer, am Dienstag abwechselnd fünf langsame und fünfzehn schnelle, am Mittwoch zwanzig Kilometer, am Donnerstag fünfzehn Kilometer plus fünfzehn Sprints von hundert Metern, am Freitag Ruhetag, am Samstag fünf Kilometer zum Aufwärmen plus zwölfmal jeweils eine Minute schnell, dazwischen zwei Minuten Pause, am Sonntag fünfundzwanzig bis dreißig Kilometer... Cesare wiederholt mechanisch die Trainingstabellen, die seine Zeitschrift vorsieht. Sogar die Tabellen für die Ernährung, zusammengesetzt aus Kleie und Gemüse und dem ausgepreßten Saft sizilianischer Orangen, soundso viel Gramm pro Tag, soundso viele Gläser. Am Montag achtzehn Kilometer, am Dienstag abwechselnd fünf langsame und fünfzehn schnelle, Freitags zwanzig Dekagramm Linsen und Samstags Gerste. Nie hatte er auch nur eine dieser Anleitungen befolgt: er ging immer auf die Straße hinunter, hinter der Ziege herzuhetzen wie ein Besessener, außer Atem, ruckweise, so lange, bis er nicht mehr konnte, und dann, zu Hause, hat er blindlings den Eisschrank ausgeräumt, ohne sich das Essen auch nur auf einem Teller anzurichten, ohne Besteck, mit Betta neben sich, die ihm aus den verschwitzten Händen fraß. Und dennoch hat er oft leise dieses süße Klagelied aus Zahlen und Proteinen wiederholt, wenn er nicht mehr wußte, woran er sich festhalten sollte, als wäre es ein kurzes Stoßgebet, das man in der Einsamkeit mit einem Amen beendet.

»Samstags fünf Kilometer zum Aufwärmen, dazu zwölf schnelle von einer Minute, frisches Obst, frisches Wasser ...«

Cesare fühlt seine Schläfen sich voneinander entfernen, abheben, und die Autobahn mitten durch sie hindurchlaufen wie zwischen zwei Wohnblocks.

Hinter dem Tisch, unter dem erschöpften Antlitz des Präsidenten, sitzt nun Germano: er trägt seine untadelige Wärteruniform, die goldumrandete Brille, den Scheitel exakt mit dem nassen Kamm gezogen. Cesare würde gerne seine vom Tiger abgebissenen Hände sehen, aber Germano behält sie in den Taschen. Vielleicht bluten die Armstümpfe noch, oder vielleicht haben sie ihm an den Handgelenken zwei andere angenäht, klobigschwere von einem Mann mit rauher und fester Stimme, die Hände eines Toten, der alles von sich rundum verstreut hatte: Nieren, Herz, Hände, Netzhäute. Vielleicht gefallen zwei solche Hände Germano nicht, er hätte lieber seine eines gesitteten Mädchens zurück.

»Wer weiß, Germano, ob du heute nacht eine andere Geschichte hast, die du mir schenken kannst?«

»Noch nicht, Cesare, ich warte damit, bis du den Marathon zu Ende bringst. Dann werde ich über dich schreiben.«

»Und was wirst du schreiben?«

»Über dich.«

»Über mich? Wie ist das möglich? In diesem Augenblick weiß ich beinahe nichts mehr von mir ...«

»Irgend etwas wird es da schon geben, du bist doch so viel gelaufen.«

»Du mußt aber auch von Betta reden, wenn du das tust. Daß ich die Zeitungen mit dem Lieferwagen ausgefahren habe und daß sie mir auf der Straße nebenherlief, Jahre hindurch habe ich sie aus dem Autofenster gesehen, den Schaum zwischen den Lefzen, auf der Straße. Und früher: als ich ein Knabe war, und sie mir die Hände leckte, während ich über die Frauen der Welt masturbierte. Und dann, hör zu, Germano, habe ich eine ganze ferne Erinnerung, verschwommen, gerade nur so ein Bild, hör zu: ich war in einen hohen Kinderstuhl eingezwängt, neben einem Fenster, und von dort aus konnte ich die Vorgänge unten auf der Straße betrachten, die Leute, die Autos. Ich war vielleicht ein Jahr alt, es muß Morgen gewesen sein und Frühling, weil das Licht sehr hell war. Ich betrachtete diese Dinge da unten auf der Straße, und sie erschienen mir klein und unerreichbar wie der schmutzige Löffel, der mir aus einer Hand auf den Boden geglitten war. Ich heulte über all diese fernen, unerreichbaren Löffel, ich hätte sie alle abschlecken mögen, und Betta trieb sich schon im Zimmer herum.«

»Ich glaube nicht, daß ich so viele Worte schreiben werde. Dazu reicht die Zeit nicht, Cesare.«

»Und wie viele also?«

»Willst du es wirklich wissen?«

»Ja, ich bitte dich.«

Germano zieht die Hände aus den Taschen und zeigt die Finger. Sie funkeln, als ob in jedem von ihnen ein blendendes Licht säße, das sich nicht messen läßt.

Nun müht sich keiner mehr über die Autobahn. Die Lichter der Laster, nach vorne gerichtet, um das Dunkel zu zerschneiden, erfassen keine kleinen Figuren mehr, bloß den leeren Asphalt, Zellophanpapier, das sich in den Notrufsäulen verfangen hat, Regenpfützen. In der Brust, genau unter dem Brustbein, fühlt Cesare einen Stich, die Spitze einer Lanze, die mit dem Atem ein- und ausfährt, und in der Milz einen Bienenstock. Vorwärts, bedeutet ihm der Schädel von Betta, sooft sie sich zitternd ihrem Herrn zuwendet: Vorwärts, es ist beinahe geschafft, du kannst jetzt nicht zusammenbrechen, wo die Strecke endlich uns allein gehört. Viele Male hat Cesare im Fernsehen gesehen, wie die Läufer erschöpft am Ziel eintreffen, sich in hilfreiche Arme fallen lassen, die Erde zärtlich mit der Stirn berühren. So stellte er sich auch seine Ankunft vor. Er dachte sich das kleine Stadion der Acquacetosa als letzte Runde, den angenehmen Schatten der römischen Pinien auf der Rennbahn aus roter Erde, den Himmel von einem ausgelaugten Blau, den sanften Wind im Gesicht, vielleicht auch ein ganz klein wenig Beifall von den Stufenreihen, ein paar Blumen, vor die Füße geworfen. Seinen Vater und seine Mutter, wirklich sie hatte er sich vorgestellt, alle beide mit verschränkten Armen auf einem abgenutzten Sofa sitzend, gegen die Wand des Umkleideraums gelehnt, dort, wo die Glyzinie ist, und die Mutter hätte ihn gefragt: »Nun, Cesare, wie ist es dir ergangen? Bist du jetzt ruhiger?« Und auf einer Seite hätten auch seine Frau Sofia und auch Cleopatra sein sollen, beide in den gleichen hellen, frühlingshaften Kleidern, das Haar duftig wie frisch nach dem Friseur: sie hielten sich an den Händen, sagten wie aus einem Mund: »Wir sind nicht böse auf dich, glaub uns, die Schuld, von der weiß niemand, wo sie zu suchen ist, ob es sie überhaupt gibt. Auch die anderen, die, die du heimlich beobachtet hast, im Ernst, die sind nicht mehr böse auf dich. Nach so vielen Kilometern bleibst du doch immer unser Kind.« Sogar der kleine Giorgio wäre dagewesen, sonntäglich gekleidet, und Abebe Bikila, lächelnd wie auf der Photographie, und der Kommissar in Hemdsärmeln und Germano. Der kleine Säufer, der ihm durch so viele Jahre dabei geholfen hatte, die Zeitungen in den Lieferwagen zu laden, würde ihm die Zeitung zeigen, die es diese Nacht auszuliefern galt: »Schau, Cesare, alles ist weiß, endlich einmal ist nichts passiert.« Zart wie ein Flötenton wäre die Ziellinie gewesen, smaragdgrün die Wiese inmitten der Rennbahn. So will er sich das jetzt vorstellen, so wäre es schön.

Aber unter den kurzen Hosen aus zerknittertem Satin, zwischen den von Anstrengung ausgedörrten Beinen, hat sein Glied immer noch Kraft genug, anzuschwellen, Blut und Verlangen zurückzurufen. Es ist die Spitze einer Lanze, von fern, ganz fern geschleudert, die das Rückgrat durchbohrt und bei jedem Atemzug schmerzt, sie ist hart wie ein Krampf.

»Alle im Stadion werden mich und Betta auslachen«, denkt Cesare, »und ich werde weitermachen müssen.«

Da ist Schlamm unter den Füßen, weiches Feld, der Weg erst zu finden. Cesare hat fast nicht mitbekommen, wann genau die Ziege gegen den Rand der Autobahn zu abgebogen ist, dort, wo der Zaun eingerissen war. Seine Augen waren von den Bildern verschleiert, aber als er das Netzwerk des Zauns überquerte, hatte ihn ein Stück Eisendraht von der Wange bis hinunter zum Hals aufgerissen, und da hatte er besser gesehen.

»Wohin gehen wir, Betta, wohin bringst du mich? Hier gibt es doch nichts, nichts.«

Die Erde, auf der sie jetzt laufen, hat einen anderen Klang, viel voller, viel runder, sie ist weich wie das Fleisch einer Frau. Das feuchte Gras umschmeichelt die Waden, betüpfelt sie mit Schlamm. Cesare würde gerne den Knoten von »Zu zweit für die Welt«, den er um die Taille geschlungen hat, lösen, aber das ist nicht einfach: die Ziege zieht und zerrt, der Knoten ist nun ganz eng, es ist dunkel, die Hände sind ohne Kraft. Cesare fühlt Schmerzen an den Knöcheln und an den Handgelenken, dort, wo die Haut ganz dünn ist und die Venen blau sind, er fühlt sie wie eine dornige Kletterranke durch die Ellenbogen und die Knie aufsteigen, dem stechenden Schmerz mitten in der Brust entgegenwachsen. In solchen Situationen erblickt man bisweilen ein Haus, zwischen Bäumen versunken, ein Fenster erleuchtet, und dahinter die Umrisse von jemandem, der seit jeher wartet, der raucht. Dorthin schleppt man sich, läutet die Glocke neben der Tür, entschuldigen Sie, gnädige Frau, aber ich fühle mich elend, ich weiß nicht, was mir fehlt, ich verstehe es nicht: man fällt auf die Stufen und endlich in ein weißes Bett, die Monate vergehen als Gefangene der Genesung und der Liebe.

Manchesmal ist das so, keucht Cesare in diesem Gedanken, aber vielleicht will ich das gar nicht, noch nicht. Bald wird der Morgen dämmern. Eine Stunde, zwei: wie lange wird es noch dauern, wieviel Nacht muß noch vergehen? Dann aber werde ich auf die Autobahn zurückkehren, Betta im Arm, vorsichtig die regennassen Fahrbahnen überqueren und um eine Mitfahrt nach Rom bitten. Irgend jemand wird gewiß anhalten, vielleicht nicht der erste Wagen, vielleicht nicht einmal der zweite, aber nach zehn Autos wird einer stehenbleiben und mich nach Rom zurückbringen. Das wird ein netter Mann sein. »Ich bin die ganze Nacht gelaufen, einen ganzen Marathon, von Anfang bis zum Ende. Zu zweit für die Welt, man hat darüber im Radio berichtet. Sie haben das gehört, nicht wahr? Auch im Fernsehen haben sie davon gesprochen, glaube ich.«

Wir werden ihm die Sitze ein bißchen mit Schlamm verschmieren, aber das ist nicht so schlimm, teure Betta. Er wird weder Messer noch Rasierklingen haben, er wird so etwas wie ein Freund sein. Weder Messer noch Klingen, und ein schönes Auto, rot, die kleinen Seitenfenster der Geschwindigkeit aufgetan. Nach Rom, und über Rom hinaus.

Die Fersen haben Cesare die schweißnassen Socken durchgescheuert, so wie damals als Kind, in den Sandalen. Er müßte sich hinsetzen, sich die Schuhe aus- und die Socken hochziehen, die Schuhbänder lockern und die Schuhe neu binden, einen ordentlichen Knoten machen. Eine simple und Geduld erfordernde Unternehmung: unmöglich. Lieber diese beiden vom Schlamm schwer gewordenen Sockel von den Füßen schleudern, und fort auch mit den Strümpfen, zwei schmutzigen Klumpen. Die Blasen an den Sohlen atmen gierig im Gras und im Wasser auf. Zwischen Zehe und Zehe nistet sich frischer Matsch ein, der für einen Augenblick den Schmerz lindert. Aber der Strick um die Nieren ist ganz festgezogen, vielleicht deshalb, weil Cesare sich nicht mehr aufrecht hält, während Betta schnaubt und mit den Hörnern stößt: aber auf was stößt sie da, inmitten von so viel Schwärze, in dieser Weite, wie in einer dunklen Kiste? Die Autobahn ist nicht mehr zu sehen, man sieht auch keine Scheinwerfer von Lastern mehr und keinen einzigen Blitz, der den Himmel gelb aufreißt.

Vielleicht ist es wie in der zweiten Geschichte von Germano. Irgend jemand, aus einem Winkel des Universums, beobachtet mich und hat Angst. Die wissen alles von mir, von den weitaufgerissenen Augen Cleopatras, von den Bränden, hoch wie Wolkenkratzer, von den Muttermalen auf meinem Arm. Vielleicht bin ich gerade dabei, Konstellationen, groß wie tausend Jahre, auszulöschen. Ich bin ihr böses Horoskop, ihr Sternbild aus Fleisch und Knochen. Eine gekrümmte Ellipse, die mit all diesem Schmerz in der Brust dahinhinkt. Ich muß tief durchatmen, mich mit Sauerstoff aufladen, das Gute denken. »Ich will nicht fallen, ich will nicht fallen, ich will nicht fallen. Hilf mir, Betta, trag mich weiter, nimm mich auf den Rücken.«

Da, genau in diese Schwäche hinein, rutscht er aus, stolpert noch zwei schnelle Schritte, stürzt. Auf der Wange spürt er den Schlamm, frisch wie eine Rose.

Auch Betta bleibt stehen, drückt sich gegen Cesares Brust, um sich das feuchte Fell kraulen zu lassen, die Zitzen auf dem Bauch, die nicht mehr so harten Hörner. Sie scheint jetzt viel kleiner, so an ihren Herrn gedrückt.

Es ist kalt und es regnet langsam weiter, wie aus einer riesigen halbleeren Gießkanne aus Blech. Unter den Körpern beginnt die Erde nachzugeben, sich aufzulösen.

»Nur ein Weilchen, Betta, dann stehen wir wieder auf, fünf Minuten, und dann stehen wir beide wieder auf. Gerade Zeit, um wieder zu Atem zu kommen. Es geht mir schon besser. Ich schwöre dir, es geht mir schon viel besser, ich spüre beinahe nichts mehr.«

Der Regen verklebt ihm die Wimpern, versucht ihm die Augen zu schließen.

Im Tal, rund um Cesare wie um eine Feuerglut geschart, versammeln sich nun Dutzende und Aberdutzende Ziegen. Manche sind groß wie Esel, andere winzig. Ein paar stellen sich auf die Hinterläufe, schwanken ein paar Schritte dahin, als würden sie miteinander eine Sarabande tanzen: andere laufen auf der Wiese herum, bespritzen sich mit Schlamm, prallen gegeneinander, meckern, dann kehren sie wieder an seine Seite zurück, um mit roten Augen in die Glut zu starren, die am Erlöschen ist. Cesare drückt Betta fest an sich, küßt ihre bärtige Schnauze, das Maul.

»Ich muß fort«, flüstert Betta.

»Auch ich, nimm mich mit.«

»Nein, du bleibst hier, du weißt, daß du angekommen bist.«

In der dunklen Luft zerstieben rosa Pigmente, wie Blütenstaub im Morgengrauen. Nun sind es Abertausende Ziegen; so weit das Auge reicht, ist es eine Ebene von stampfenden Hufen, bis hin zu dem Hügel, auf dem kein Haus erscheint, kein Fenster sich erhellt. Ein beißender, wilder, weiblicher Geruch erfüllt das Ende der Nacht.

»Ich muß für immer fort«, flüstert Betta.

»Nimm mich mit, ich kann hier nicht zurückbleiben, ich kann nicht, ich will weiter, vielleicht habe ich noch etwas Atem, ich habe Angst.«

»Nein, dir bleibt nur noch ein einziger Atemzug. Klammere dich an einen neuen Gedanken, an das Geheimnis, durch das du hindurchgegangen bist. Aber beeil dich.«

Betta ist heiß und zittert in jedem Muskel, bereit, sich zu trennen.

»Mach schnell.«

Cesare blickt zum Himmel empor. Da ist die tote Cleopatra im Spiegel, die einen Strohhut schwenkt, da ist so viel Verbranntes, viel weißer und schwarzer Rauch, der im Leeren ausfranst, viele Kilometer, verstreut in einem Labyrinth aus Asche, alles in einem einzigen Fieber, in einer einzigen Liebe.

Verlangen, Angst, Hinterherrennen, eine einzige Liebe nur, kaum deutlich, allüberall hin zu verfolgen, ein unaufhaltsamer Zusammenbruch, sie zusammenzuhalten.

»Ich bin jede Straße bis zu diesem letzten Meter gelaufen. Für mich gibt es keine neuen Meter mehr. Und all die Straßen sind immer da und führen werweißwohin.«

»Beeil dich, rasch...«

Der Morgen verdüstert sich wieder, um Cesare schlingen sich die eisigen Fäden von Gras und Regen.

»Lauf, Betta, du geh.«

In einer einzigen Sekunde löst sich Betta aus der Umarmung, springt auf, und kein Strick könnte sie mehr zurückhalten. Und da, ohne sich auch nur einmal umzuwenden, ist sie auch schon unter den unendlich vielen anderen Ziegen verschwunden, alle stürmen sie fort in einem Erdbeben rasender Hufe.

Ein Windstoß schiebt jetzt den Regen beiseite, als wäre er ein Vorhang, hinter dem sich etwas ewig wiederholt.

Zu Boden gesunken, bettet Cesare den Kopf auf die Knie, bereits eisige Steine, preßt die Hände gegen die durchbohrte Brust, krümmt sich zusammen, sein unnützes und kostbares Geheimnis in sich zu beschützen, diese leuchtende Leere, die nun zu wachsen beginnt. Die Hündin mit dem Jungen im Maul, die, die ihm vor so vielen Jahren vor den Wagen lief, die nicht zurück und auch nicht nach vorne rannte. Mitten auf der Straße hat sie sich reglos und demütig ergeben, wurde ganz Aufmerksamkeit, und die Gegenwart fegte über sie hinweg wie ein sanfter Wind, der nicht weh tut.

Und eines Tages, von irgendwoher, kann alles sich wieder erheben und von neuem beginnen, wenn es das dann noch will.

Aus dem Norden Europas kommt ein Lastwagen, mit Schweinen beladen, die Autobahn heruntergefahren. Es sind zwei Tage und zwei Nächte, daß der Fahrer am Steuer sitzt. Seit so vielen Jahren macht er nun diese Arbeit, daß es ihm manchmal scheinen will, als sei er selbst dieser Lastwagen, mit diesen riesigen Rädern, den aufgedrehten Scheinwerfern, dem Gebrumm, dem Schalthebel, dem Männchen, das darin sitzt, dem Radio, das spricht und singt. Jetzt kommen aus dem Radio italienische Worte, die er nicht versteht. Auf Italienisch weiß er gerade nur vier Redewendungen und die Zahlen, damit man ihn an den Autobahnraststätten nicht betrügen kann, wenn er aussteigt, um etwas zu trinken.

»Mehr als zehntausend Leute, zu Paaren aneinandergebunden, haben sich heute nacht an dem Marathonlauf ›Zu zweit für die Welt‹ beteiligt.«

»Zehntausend Leute«, wiederholt der Lastwagenfahrer, spricht es dem Radio nach.

Es ist beinahe Tag. Der Mann denkt an die Schweine, die bereit sind, getötet und gegessen zu werden, an den Hunger, der ihm im Magen wütet, an eine Frau.

»Zehntausend«, wiederholt er.

Das Grün der Wiesen ringsum wird jeden Augenblick lebhafter, noch grüner, und der Himmel über Italien sieht aus, als hätte ihn der nächtliche Regen gewaschen, zum Trocknen ausgebreitet zwischen den Hügeln und den Städten.

»Hunderttausend Leute, eine Million, hundert Millionen, eine Milliarde Leute«, wiederholt der Mann und starrt auf die wunderbare Straße, die er vor sich hat.

Nun wirbelt das Radio ein fröhliches Lied in die Luft, einen kleinen Marsch, der den Takt schlägt und ein wenig krächzt.